T'AS PAS DEUX BALLES ?

Du même auteur

RIEN

Yannick Noah

T'as pas deux balles ?

Stock

Ratissons large : à toutes et à tous.

« L'essentiel n'est pas de savoir si on a tort ou raison... Ça n'a vraiment pas d'importance. Ce qu'il faut, c'est décourager le monde qu'il s'occupe de vous. Le reste, c'est du vice. »

L.-F. CÉLINE.
(*Mort à crédit*).

Moi, moi, moi, moi, moi. Voilà de quoi je vais vous parler. La morgue à l'état pur. Déjà. Ça promet. Du fond du cœur : bon courage, les amis.

Pourquoi donc vais-je vous pomper l'air avec mes états d'âme doublés de mes états de service ? Bravo, bonne question. Alors autant vous annoncer — d'entrée — la couleur : afin d'éventrer le concept de *champion*. Le réduire en confetti, ce foutu concept. Comment ? Tout en finesse. À grands coups de surin dans le ventre. Voilà pour la méthode.

Et pourquoi ? Peut-on savoir ? On peut. Mais restez assis. J'en vois déjà qui s'étranglent : « Hé, ho, faut-te-calmer ! Champion, petit, c'est forcément un truc bien. Sinon ça se saurait. Non, vraiment, t'es maboul le Nègre ! » Pas encore. Pas tout à fait. Mais ça finira bien par se faire : je ne désespère pas. Bon, déjà, je m'égare...

Accrochez-vous, la démonstration commence.

Mario Puzo, le roi du thriller, est formel : « Montrez-moi un joueur, je vous montrerai un perdant. Montrez-moi un héros, je vous montrerai un cadavre. » Ces deux adages, le bon Mario les destinait aux excités du tapis vert, roulette, craps, passe anglaise. À y regarder de plus près, ça s'applique plutôt pas mal aux excités du tapis rouge : les tennismen.

Sur les meilleures raquettes du tennis mondial, on a dit beaucoup de choses : on n'a pas dit grand-chose.

Vieille histoire. Vieux malentendu. Vieux débat. On auréole la vie des joueurs. On délire sur eux pour les rendre délirants. On leur invente une force de frappe surhumaine (c'est à hurler de rire) et humaine (pincez-moi !). On veut, en fait, les faire entrer dans la légende. Manu militari s'il le faut. Pas besoin de se demander pourquoi : le tiroir-caisse, of course. Le joueur, en général, n'infirme pas ce malentendu. Au mieux, il fait semblant de le désapprouver. De grogner contre cet état de fait. Mais, au fond de lui-même, il l'approuve. Et comment, qu'il l'approuve ! Tiroir-caisse, on vous dit.

Bref, à entendre les uns, à lire les autres, tout tennisman de niveau est un Martien.

Moi, pauvre de moi, pas meilleur ni pire qu'un autre, du haut de ma chaise d'arbitre, je m'en vais illico vous livrer le fond de ma (lamentable) pensée : on peut être parfaitement con — et réussir dans le tennis.

Ceux qui sont assis au fond de la classe veulent-ils que je répète ? Oui ? Non ? Oui ? Je répète. On peut être parfaitement con. Et réussir dans le tennis.

Faites passer.

Bon.

Installez-vous confortablement. Oui, vous pouvez retirer vos chaussures. Et faire craquer vos articulations, non, ça ne me dérange pas. Cigarettes, boissons, pistaches, vous avez tout à portée de la main ? Parfait. Pendant qu'on y est, avez-vous fait pipi ? Excellent. Et arraché les fils du téléphone ? À la bonne heure. Comme ça, nous ne serons pas dérangés.

Alors réglons nos montres. Je suis né à Sedan, les amis. Le 18 mai 1960. Et, déjà, je perçois la rumeur publique : « On s'en fout. On est au courant. » Une seconde ! Laissez-moi m'échauffer. Prendre mon élan. Et puis, entre nous, j'aime bien rabâcher. Donc, Sedan. Parce que Zacharie Noah, alias papa, jouait au foot là-bas. Arrivé du Cameroun en 56.

Préparez vos mouchoirs : ce qui va suivre est beau.

Un jour, papa donna une interview à un journaliste, Marcel Périer, correspondant de *L'Équipe*. Le journaliste vient avec sa fille pour interroger le sportif. Le sportif tape dans l'œil de la fille. La fille craque pour le Nègre. Le Nègre épouse la Blanche. La Blanche fait un môme. Et j'arrive.

C'est là, que j'arrive. Que j'interviens.

Une minute de silence.

Faut pas se plaindre.

Sedan, sur le papier, c'est un départ très convenable.

On imagine le gris partout, les maisons en brique, la fumée d'usine dans la bouche, le ciel qui vous touche la tête, le vent qui vous glace la moelle épinière. Idéal. Ça fait pleurer Margot, ça, non ? Et puis, de là à conjuguer paysage dur avec enfance difficile, il n'y a qu'un pas. Allons-y carrément : Oliver Twist. On dira peut-être : « Quel mérite, tout de même, ce petit jeune homme. Il nous vient du ruisseau ! » Le petit jeune homme, hélas, aura du mal à vous faire avaler de pareilles foutaises.

Deux raisons à cela.

La première : de Sedan, je n'ai aucun souvenir. Pas un. Rien. J'ai quitté cette ville à l'âge de trois ans. Pas la force d'inventer. Au passage, j'admire copieusement ceux qui peuvent tartiner des gros chapitres sur les premiers pas de leur existence. Qui démarrent le flash-back dès l'utérus de leur mère. C'est beau, la mémoire. Cela dit, on le sait, tout sportif est un crétin : je m'en voudrais de contrarier ce folklore...

La deuxième : visiblement, ça ne se passait pas trop mal pour nous. Mon footballeur de papa, en 61, remporta même la Coupe de France. D'ailleurs, là est le hic. Papa tenait le poste d'arrière. À l'époque, les experts en conviendront, le jeu dur, calqué sur le *catenaccio* italien, s'introduisait sournoisement en France. Papa a mal assimilé cette importation. Deux fractures de la jambe, une fracture du bassin : c'est beaucoup pour un seul homme. Sans compter quelques babioles supplémentaires et non négligeables qui contraindront Zac, professionnellement, à mettre ses crampons au clou.

Début 63 : on fait nos valises. Direction Yaoundé. Fin de l'épisode sedanais. C'est maigre, c'est court, c'est nul : je sais.

Ne vous inquiétez pas : on se rattrapera plus tard.

Toujours pour asseoir ma légende, j'aimerais tellement vous préciser à quel point, en venant au monde, on pouvait lire sur mon visage la finesse des traits, la malice du regard, l'intelligence, la profondeur de l'expression. Seulement voilà. Après enquête (l'album de famille est une pièce à conviction redoutable) je suis en mesure de vous affirmer la chose suivante : j'étais hideux. Une authentique « tronche de cake ».

Fermez la parenthèse.

Yaoundé.

Un mot sur la saga Noah. Vous ai-je dit que j'étais chef des Etoudis ? Suis-je étourdi. C'est pourtant bien le cas. À l'ouest de Yaoundé, c'est là que ça se passe. On y parle l'ewondo.

Mon arrière-grand-père, Noah Tsogo, fonda le village Etoudi avec ses mains et son coup de reins. Mort à quatre-vingt-cinq ans, il était l'homme aux mille et une femmes. En fait : soixante-dix épouses. Joli score. Elles ont toutes pondu. Et le village a grandi. Dans dix ans, il sera définitivement étouffé par la ville. Bye, bye, Etoudi.

Mon grand-père, Noah Simon, quatre-vingt-cinq ans, alias papa Tarra, était un génie. Croyez-moi. Jusqu'au jour où des salauds l'ont descendu. Ce livre, en fait, lui est dédié. Tous les matins, pour son petit déjeuner, il attaquait au whisky-Martini. Un rite qu'il poursuivait toute la journée. Sans mollir. Et jamais saoul, papa Tarra ! Un exploit. Dieu sait qu'il avait chez lui une magnifique collection de magnums. Whisky et Martini : que des magnums, il trouvait ça beau, les magnums. T'avais bien raison, papa Tarra.

Conseiller municipal de Yaoundé, il était également promoteur immobilier. Ma grand-mère, Elisabeth Mekongo, alias maman Ngon, surveille les champs jour et nuit. À soixante-dix-neuf ans. Un grand bravo, maman Ngon.

Cette année, papa Tarra nous avait demandé de lui faire un recensement de la smala Noah. Les statistiques sont là : cinquante-huit petits-enfants. Dont ma pomme.

Papa Tarra parlait couramment l'anglais et l'allemand : je vous rappelle, au passage, que les Rosbifs et les Fridolins ont planté leurs tentes sur le Cameroun pendant une sacrée paye. Papa Tarra, toujours lui, parlait tous les dialectes du continent. Un cerveau, mon petit grand-père. C'est la raison pour laquelle, en d'autres temps, il insista pour voir ses enfants partir forger leur instruction en France. Zac, mon père, atterrira à Saint-Germain-en-Laye : collège Sainte-Barbe, le rendez-vous des Spartiates. Plus doué pour les coups francs dans la lucarne que pour la traduction de *L'Enéide*, il fera la carrière que l'on sait.

Moralité : partez tranquillement étudier le football à Rio, vous en reviendrez prof de russe.

En 63, date du retour au bercail, Zac entre à la Banque camerounaise de développement. Jusqu'en 68. Puis il se métamorphose en agent commercial chez Renault. Jusqu'en 79. Date à laquelle, champagne, nous ouvrons un club de tennis. Un club en plein cœur du village Etoudi. Le palais du président est à deux kilomètres de nos six courts. « On s'en fout », me répéterez-vous. Soyez pas négatifs. C'est le Cameroun que je vous raconte : depuis qu'il y a un palais, il y a une route. Une vraie de vraie. Merci, le président. Sur la route, il y a un bar. Ce bar fait mon bonheur. À ma connaissance, c'est le seul bar au monde ainsi baptisé : « Tu rentres O.K. — Tu repars K.O. » Plus loin, vous avez la poissonnerie de Jean Maquereau : je n'invente pas. Encore plus loin, un cordonnier : « Docteur en chaussures. » Toujours plus loin, il y a nous. Entrez. You are welcome.

Mais, en 63, ce n'est pas la peine d'entrer : je ne suis pas là. Zac, sa femme Marie, son rejeton Yannick habitent dans un camp de Yaoundé. Une sorte de H.L.M. Il faut quand même le faire. Surtout en 63 : habiter une H.L.M. au Cameroun ! Enfin, on fait ce qu'on peut. À l'époque, en revanche, on avait la plus belle bagnole du pays. Une Alfa Romeo. Une Alfa roulant dans Yaoundé, en 63, vous n'êtes pas forcés de me croire, mais cela relève de l'hallucination. Un peu comme si, aujourd'hui, je vous disais que Jeanne d'Arc joue demi-de-mêlée dans l'équipe d'Orléans.

Bon, bref, une Alfa. De toute façon, on s'en bat l'œil.

Yaoundé était — et, thank God, est restée — une ville délicieusement bordélique. Les couleurs, les odeurs, le lymphatisme, l'innocence, la folie, la fraternité, rien n'a changé. À quelques tonnes de béton armé près.

Raconter son enfance, donc, n'est pas une fin en soi. Car, là-bas, on reste un enfant toute sa vie.

Pour vous faire partager le cadre de cette enfance éternelle, celle de 63 comme celle du jour, il me faut d'abord vous parler ambiance.

La poussière, là-bas, coagulée à la chaleur, donne soif. Très soif. Vous allez comprendre. Offrons-nous un zoom sur les boissons locales : la bière 33 (« la bière des amis »), la Gold Harp, la Guinness brune et le vin de palme (distillé à partir de la sève des palmiers) régulent la vie de la cité. Quand j'avais quatre ans, déjà, j'entendais ce que disaient les grands : « Prends pas ta caisse le 1er, le 2 et le 3 de chaque mois. » Effectivement, l'Alfa restait au garage. Car personne ne travaillait, les payes passaient dans la biture, tout le monde était beurré !

Cette folie ubuesque, cette innocence tout terrain, demeurent aujourd'hui. Preuves en main. Lesquelles ? Pas besoin de se creuser la tête. Il y a depuis toujours, à Yaoundé, deux journaux qui résument la situation : le *Cameroun Tribune* (version française) et le *Cameroun Tribune* (version british). En 63 comme en 84, les faits divers restent les mêmes. On y apprend que « tel mec est allé casser la gueule au sorcier parce que, en dépit de ses gris-gris, sa femme continue à se faire sauter par le voisin ».

Parallèlement à ces exploits, le *Cameroun Tribune* relatait, à grand renfort de colonnes, les exploits de ses fils expatriés en métropole. Zac était devenu un héros. Oui, les mecs, j'étais le fils d'un héros.

Dans les limbes de mes culottes courtes, moi, fils de héros, j'emmagasinais les couleurs et les odeurs. Celles de la bouffe, principalement. Qui ne m'ont jamais quitté. Cela peut vous paraître futile, mais je *suis* futile. Je peux vous parler pendant des heures du « ndomba » : le bœuf mariné dans le jus des feuilles de bananier. Je peux vous parler pendant des jours du « mintuba » : la patate douce écrasée. Je peux vous parler pendant des semaines des « miniets » : les chenilles vivantes (ma petite nièce en avale un kilo par jour — le premier qui dit « beurk » prend mon pied dans le cul). Et puis du singe (plat national). Et puis des sauterelles (ma folie). Là, je le sens bien, je commence à vous faire peur...

À propos de sauterelles, la saison dure quinze jours. T'as quinze jours pour bouffer de la sauterelle. De gré ou de force, d'ailleurs. Ça, je m'en souviens. Un orage annuel de sauterelles : on en avait (on en a) plein le nez, plein la bouche, plein les oreilles. À tel point qu'il était (qu'il est, qu'il sera toujours) impossible de jouer au tennis pendant ces deux semaines sabbatiques.

À quatre ans, cela n'avait guère de conséquences sur mon jeu. Car, précisément, le tennis ne me faisait ni chaud ni froid. Ma grande, ma seule, mon unique spécialité, c'était la roue.

Qu'est-ce que la « roue » ?

Un pneu. Prenez un pneu. Bien crasseux. Bien puant. Bien couvert de cambouis. Et poussez cette saloperie de pneu avec un bout de bois. Pendant des heures. En simulant, du fond du gosier, le bruit d'un moteur.

Nous étions, ainsi, quelques copains fanatiques de la « roue ». Des allumés du pneu. Des adorateurs du caoutchouc. On formait un gang structuré. Les petits cylindres derrière, les gros devant. C'étaient nos caisses à nous, ça. On se baladait dans l'H.L.M. et, croyez-moi, le bordel était total. On jouait sérieusement avec les nerfs de l'habitant.

À l'époque, mon rêve eût été d'avoir un pneu de camion. Alors, là... Tous les matins, je faisais l'assaut de Zac. Je le couvrais de demandes : « Papa, si tu m'aimes, prouve-le : j'exige un pneu de camion ! »

Bon, entre nous, si je vous emmerde avec mes histoires de pneu, vous me le dites, hein ? D'ailleurs, au moment clé où Zac, entre le désespoir et l'apoplexie, allait enfin flancher, j'ai craqué. Il s'est produit, dans le fin fond de mes neurones, un transfert d'intérêt. Pour le tennis ? Mais, non... J'insiste : le tennis, je n'en avais rien à battre !

Le basket, d'abord. Car maman jouait au basket. La reine du lancé franc, maman. Elle faisait partie de l'équipe nationale de basket du Cameroun.

Petite question, comme ça, en passant : vous réalisez ce que vous êtes en train de lire ? Non, évidemment.

Alors, je répète : maman, Française, aussi blanche que Gamma sans bouillir, faisait partie de l'équipe-nationale-du-Cameroun !

Va expliquer pourquoi, comment, combien. En ce qui me concerne, j'étais déjà débordé par les événements...

À deux doigts de là où nous habitions, il y avait un club militaire. C'était le club le moins cher de la ville. Trois courts luttaient, bon an mal an, contre les pluies, la moisissure, les brûlures du soleil.

Un beau jour, papa et maman se sont mis à tripoter la raquette. Papa du bout des ongles, maman avec constance puisqu'elle se hissera jusqu'en seconde série à la sueur de son poignet.

Moi, classique, je suivais. Papa sortait de la banque vers dix-sept heures, me harponnait à la porte de l'école, et hop ! chez les militaires... Ce club devint peu à peu le quartier général de notre existence quotidienne. Papa faisait semblant de jouer, il buvait, rigolait avec ses potes. Le soir, on bouffait des sandwiches — j'ai dû bouffer des sandwiches le soir pendant quatre ou cinq ans !

Pas besoin de préciser que, pour nous, les petits nains, les trois courts étaient interdits d'usage. Une aubaine, en fait. Car ce sentiment d'injustice grossière entraînait l'excitation indispensable, la motivation suprême pour le zombi que j'étais.

Un de mes copains-ramasseurs, alors, à partir d'une épave, m'avait fabriqué un ersatz de raquette en bois. La raquette-Neandertal. Et j'avoue que, déjà, avec mon bout de bois entre les doigts, j'avais la grande gueule.

Pour nous exprimer, il y avait le terrain de... boules ! Vers dix heures du soir, quand les mecs avaient fini de jouer aux boules et partaient se soûler la gueule, eh bien nous, c'est là qu'on attaquait. On jouait au tennis sur le terrain (en glèbe) des boulistes. Terrain sur lequel on avait tracé des lignes : le court faisait soixante mètres sur quarante. Ce qui est beaucoup. Vraiment beaucoup. Car, nous, nous mesurions un mètre au garrot.

Alors ? Alors on faisait des doubles. Que des doubles. Des doubles dans la nuit. Un détail : notre bande comptait une vingtaine de traîne-savates dans mon genre. Fallait que ça circule ! Les matches, donc, se réglaient en deux jeux. Les premiers à deux. L'équipe qui gagnait restait, cela me semble d'une logique implacable.

Voilà donc mes premiers pas dans la compétition clandestine. Et mes premiers réflexes viscéraux vis-à-vis du tennis : les coups fourrés, l'envie de gagner, la teigne tous azimuts. J'avais sept ans. Oui. J'étais parfaitement mûr pour le tennis.

Et maintenant, petite pirouette, j'ai neuf ans. La preuve par neuf de ma frénésie pour ce sport, ce fut quand mon oncle (Jean) rentra de France avec une raquette dans ses valoches. Une raquette pour moi, le monstre, qui trépignais de bonheur (peut-être que j'en fais trop, là, non ?) devant cette Montana. Une Montana Junior. À petit manche. En la regardant, j'avais les yeux du loup chez Tex Avery.

Là, on ne plaisante plus. J'avais — enfin — une « vraie » raquette entre les mains. Et, dans ma tête, la certitude absolue que j'allais terrasser la planète. (Je jure que c'est vrai.)

Ma morgue ne fit qu'un tour. À partir de la seconde où j'eus cette Montana pour crâner, il n'était plus question — dignité oblige — de continuer à faire le guignol sur le no man's land des poivrots-pétanquistes.

Un moment-charnière. À plusieurs titres. D'abord, nous avons émigré au Tennis Club de Yaoundé, le club chicos de l'époque, qui, aujourd'hui, sommeille sous les mauvaises herbes. Capital : l'école des bonnes sœurs était à deux mètres. Vous saisirez plus tard.

Ensuite, nous avons fait un bras d'honneur à l'H.L.M. Direction : la campagne. Une maison. Une vraie. Ou presque. À cinq kilomètres de la ville. Précision : dans cette maison, il n'y avait pas l'électricité. On s'éclairait à la lampe à pétrole. Donc, de fait, on rentrait le plus tard possible. Les journées se décalquaient les unes sur les autres. À sept heures du matin, alerte, tout le monde était sur le pont. Le soir, on restait au Tennis Club jusqu'à minuit. Un rythme assez soutenu, quand même, pour un moutard de neuf ans.

Bref, le Tennis Club de Yaoundé. Les femmes des coopérants occupaient les courts à longueur de journée. Je les haïssais, cela va de soi. Une vraie boule de haine, j'étais. Qui, entre deux trous, tentait de se faufiler derrière un filet.

Des trous, il y en avait. Entre midi et quatorze heures. Car, entre midi et quatorze heures, personne ne se bousculait au portillon. Faisait quarante à l'ombre. C'est beaucoup. Surtout quand il n'y a pas d'ombre.

Le spectre du fameux coup de bambou ne me faisait pas peur. Le tennis, déjà, me gangrénait. À fond.

À l'école des sœurs, je « tombais malade » avec un cran, une régularité, un manque de vergogne, franchement spectaculaires. Une sœur me portait, mourant, un jour sur deux, jusqu'à la salle de repos. J'agonisais officiellement pendant un quart d'heure, balbutiais en ewondo, m'assoupissais au grand soulagement de cette sainte femme. Puis, une fois seul, ni une ni deux, je me tirais par la fenêtre. Banal.

Histoire d'être définitivement brouillé avec Dieu, je « négociais » également le catéchisme. Le légendaire « caté » du jeudi matin. Il est trivial de vous rappeler qu'à l'époque, les enfants chômaient le jeudi. Et que, précisément, grâce à la tolérance universelle, nous avions accès aux courts le jeudi matin.

Au catéchisme, on m'y a vu. Une fois. Une petite fois. Ma mère, en règle avec la religion, s'était chargée de m'accompagner. Intéressant, ce qu'on y racontait : des histoires de berger, d'agneau qu'on zigouillait, de poissons qui se surmultipliaient. Je ne dis pas que c'était nul. Je dis que moi, en guise de crucifix dans la tête, j'avais une Montana Junior. Point final. De plus, le jeudi suivant, sur la route des bergers, des agneaux, des poissons, j'ai croisé un pote qui, lui, allait jouer au tennis. Et, suis-je vulgaire, j'avoue que ça m'a franchement cassé les couilles. De là à emboîter le pas aux agnostiques...

Si j'insiste lourdement là-dessus, c'est pour justifier une réalité enfantine, valable dans tous les pays : la passion du tennis passe par le blasphème !

Pendant deux ans, ma mère, fidèle à ses devoirs de mère, m'a conduit tous les jeudis matin jusqu'à la porte du catéchisme. Dix minutes plus tard, raquette en main, je faisais cocu le Bon Dieu. Son assistant, le père Duval, m'a d'ailleurs sauvé la mise le jour de ma communion. Quand il m'a vu débarquer, pantalon marron à carreaux, polo bleu marine, paniqué de partout, il a compris que mes parents ne seraient pas forcément magnanimes, que ma désertion face au catéchisme me serait facturée à grands coups de tatane. Le saint homme m'a pris par le bras : « Bon, Yannick. On va te faire communier. Tu te mets là, derrière. Et surtout, surtout, tu-la-boucles ! »

Je jouais. Et je jouais. Et je jouais.

Je prenais des leçons. Je payais la leçon : ça coûtait cent balles CFA — deux francs — la demi-heure. Mes sources de financement relevaient de la piraterie : je piquais dans le sac de ma mère. Au bout d'un temps, elle a dû flairer ma délinquance car elle s'est mise à planquer l'oseille. Il en fallait plus pour me ceinturer. J'ai commencé à brader mes effets personnels. Je vendais tout ce qui me tombait sous la main. Absolument tout. Un danger public. Je suis, à ma connaissance, le seul demeuré à avoir échangé une chaîne en or contre quatre Malabars et cent francs CFA. Cent francs, le compte est bon, ça faisait une leçon. Donc, ça valait le coup. Car, la chaîne en or, pour ce que j'en avais à foutre.

Pendant deux ans, donc, j'ai joué comme d'autres prennent le maquis.

Le premier qui m'ait donné des « leçons », s'appelait Atangana. On l'appelait O'Télé. Son style relevait du *sumo* et de la science-fiction. À y repenser, je me demande comment il arrivait à taper dans la balle. N'empêche ! Moyennant mes cent francs CFA, il me renvoyait la balle pendant la demi-heure syndicale. Conseils : zéro. M'en foutais. Je me sentais entre les mains d'un « expert ». L'expert suivant s'appelait Mah Ebogo. C'était la copie carbone d'O'Télé. J'adorais les deux. Le troisième homme fut le premier, enfin, à m'expliquer sérieusement les grands mystères de la raquette : Gabriel Onana savait de quoi il parlait, il était champion du Cameroun. Gabriel venait de France, jouait le milieu de seconde série, possédait un joli background technique.

Moi, grande gueule, je l'ai fermé un peu. Et je me suis mis à écouter Gabriel.

Gigantesque pas en avant.

Premier tournoi.

Le Tennis Club de Yaoundé organisa un tournoi pour les poussins.

La haine, tout de suite. On se tournait autour comme des requins. On avait déjà l'œil du tigre (du requin-tigre : admirez le cumul des métaphores !).

À l'arrivée, j'ai rectifié tout le monde. Les noms, oh oui, je m'en souviens comme du mien. En demi-finale,

Yannick Noah bat Daniel Hermant : 9/7. En finale, haut les cœurs, Yannick Noah bat Patrick Harstein : 9/6. Bravo, Yannick Noah. Et il y avait foule autour des courts. Les clans s'étaient formés. Nous, habitués à squattériser les courts, on jouait vite. Très vite. Entre les points, on ramassait les balles au galop. Au changement de côté, on courait à toute allure. Carrément un sprint ! Alors que, bon, c'était le tournoi, pas de panique, on avait le court ! Mais cette sacro-sainte peur de se voir délogé du terrain nous hantait. Pire qu'un virus. L'habitude, quoi.

Ayant gagné ce tournoi, immédiatement j'en ai conclu que les tournois avaient du bon.

Pervers jusqu'à la moelle, j'en ai profité, trois semaines plus tard, pour organiser moi-même un tournoi. Un tournoi à l'occasion de mon dixième anniversaire. Mon oncle Jean, alors, dirigeait le Monfébé Palace. Équipé d'un court en terre battue, c'était, à l'époque, le plus grand hôtel de la ville. J'ai donc invité tous mes potes. Sur le bristol, j'avais, au passage, notifié que le tournoi comportait un droit d'engagement. Pourriture que j'étais : pour venir à mon anniversaire, ils devaient payer ! J'avais placé haut la barre : cinq cents balles CFA. Dix francs : honte sur l'escroc. Un vrai pactole. Non seulement, ils venaient avec le cadeau « obligé », mais en plus ils arrivaient avec leur — pardon — avec « mon » pognon. Car, comme escompté, j'ai pulvérisé les potes. Avec l'argent, vas-y petit, j'ai acheté « ma » coupe. La deuxième en trois semaines.

J'aimais le tennis de plus en plus.

Dieu que la vie était belle. Le père Noël existait. J'étais un voyou. J'avais deux coupes au-dessus de mon lit. Et des notes (en classe) tout juste au-dessus de la moyenne. Devant mes frasques (badines), mes petites sœurs, Nathalie et Zaza, détournaient comme elles pouvaient l'attention des parents. Maman était royalement douce. C'était papa qui foutait les torgnoles. Il frappait assez fort. Il avait des techniques bien à lui. Sous l'empire de la trouille, nous étions, comme on dit, des enfants bien-comme-il-faut. En surface : car je me tue à vous dire que je n'étais guère fréquentable.

Déjà.

Café au lait, j'étais. « Le » café au lait. Le ni-Blanc ni-Noir. Mais quand même Noir sur les bords.

Une situation assez singulière, à l'époque. Singulière, car nous n'étions pas légion. Singulière, aussi, en raison du couple même formé par mes parents. À des années-lumière des caricatures bien sobres du cinéma français des années 30-40-50. Souvenez-vous. Il y avait toujours deux options. La première : le Blanc est une épave pourrie, la Noire est une mamma forte. La seconde : le Blanc est un pur, la Noire est une pute. Au choix.

Là, déjà, les données existentielles étaient inversées. Le Blanc, c'était maman. La Noire, c'était papa. Ambiance campus américain avant la lettre. Cela dit, même si nous n'avions pas de gros moyens, nous faisions partie, selon la formule des sociologues de salon, de la upper-middle class. Enfin, faut-il vous l'enfoncer dans le crâne, papa était un héros.

Cela dit — aussi — à l'école, j'avais le statut du métis. Ça me dérangeait sans vraiment me déranger. C'était, à cet âge, davantage l'école qui me dérangeait. Bizarre, quand même. Je garde l'impression d'avoir été aspiré vers le « ghetto » des Blancs. Les cotisations du Tennis Club étaient élevées, excluant par là toute intégration des Blacks. Mes copains étaient des visages pâles. Mais je n'oublie pas, non plus, ceux dont j'étais le plus proche : les ramasseurs de balles, pas spécialement parce qu'ils étaient noirs, plus sûrement parce qu'ils étaient les seuls à savoir jouer. S'il est dur, à cet âge-là, de trier la part des choses, il est néanmoins certain que le club, où je passais ma vie, gommait ce que l'extérieur me renvoyait : le sentiment d'exister en tant que minorité. Ce n'est jamais évident de faire partie d'une minorité. Plus tard — on y reviendra — la situation, en un sens, s'avéra plus claire : largué en métropole, je faisais corps, aux yeux de la métropole en question, avec le gang des Blacks. D'office !

Bref, soyons honnêtes. Et résumons : à cette époque, le problème ne se posait pas vraiment. Je m'en foutais. Seule la raquette me procurait des indignations.

Onze ans. Première virée. À l'occasion des jeux scolaires. J'ai pris le train pour Douala. Deux cent cinquante kilomètres. Le voyage durait vingt-quatre heures. Un omnibus. S'arrêtait toutes les cinq secondes. Le chauffeur voulait pisser, on s'arrêtait. Le chauffeur voulait faire la sieste, on s'arrêtait. On s'arrêtait pour un rien. Ou pour rien. Ambiance « Exodus » : poules, moutons, chèvres à bord. Ce fut mon premier vrai contact avec le Cameroun. La réalité du Nord musulman. Du Sud catholique. Et de l'Est aux Pygmées.

En décembre 82, entouré de mes amis proches, je suis retourné sur place. Pour vérifier que tout avait rétréci par rapport à mes souvenirs. Des palais des sultans de Dschang, de Founban, aux déserts rocailleux de Capsiki, de Rumsiki. Et même la réserve de Waza, au nord, qui me semblait synonyme de grands espaces, m'apparut comme miniaturisée. Haut comme trois beignets écrasés, j'avais pisté les animaux sur la trace d'un jeune guide nommé Christophe Colomb. En décembre 82, Christophe Colomb était toujours là, fidèle au poste. Désormais, c'était lui le chef de la réserve. Les girafes, en revanche, s'étaient fait la malle. Concluez comme vous le sentez.

À y repenser, je me demande si je n'ai pas toujours eu la sensation d'être un touriste dans mon propre pays. Une anecdote finit par me hanter. Toujours en 82, nous étions à Mokolo, dans le Nord musulman. À ciel ouvert, la place du marché s'offrait tel un labyrinthe de barbaque, de mouches, de postes à transistors, de tout ce qui vous passe par la tête. Figurez-vous que nous cherchions un ballon de football. Moi, à l'aise devant mes amis, je jouais celui qui connaît tout de la région. Celui qui sait communiquer avec les siens. Tu parles. Arrivé devant le dépositaire ès ballons, le marchandage s'engage comme il est de règle dans le pays. Pas besoin de vous faire un dessin, le marchandage, là-bas, c'est la religion du quotidien, le b-a, ba de l'existence. Mais, bizarre, bizarre, on me déniait ce droit au marchandage avec ce qui ressemblait vaguement à de l'agressivité. La famille du vendeur prenait des grands airs : « Laisse le Blanc, là ! S'il a pas les moyens de payer, discute pas avec ce Blanc ! » Le genre d'attitude idéal pour me rendre nerveux. Sciemment, les yeux dans les yeux du vendeur, j'ai casqué ce foutu ballon quatre fois son prix. Un joli malaise s'en est suivi. C'est ma technique, le malaise...

Retour à Yaoundé. À mes onze ans. À mon inconscience.

Ils sont arrivés un mercredi après-midi. Arthur Ashe mis à part, je ne savais pas trop qui ils étaient. Je ne les avais jamais vus. Là-bas, la télévision n'existait pas. Ils étaient quatre : Arthur Ashe, donc, Tom Okker, Charly Pasarell, Marty Riessen. Quatre pères missionnaires de la raquette. Leur tournée, le temps d'un clinicks, passait par Yaoundé.

Histoire de montrer qu'on était tous frères, les populations noires avaient été autorisées à pénétrer dans l'enceinte du club.

Moi, encore moi, toujours moi, je savais que j'allais jouer avec les dieux. Jouer : échanger quelques balles, au même titre que tous les jeunes du club. Mais, dans ma tête, j'en avais fait toute une sauce : « J'allais-leur-montrer ! » Leur montrer quoi, ça, c'était autre chose. Mon cinéma reposait sur l'évidence de ma naïveté : tous les jeunes de mon âge, voire aussi ceux qui avaient quatre, cinq ans de plus que moi, je leur collais des branlées. Donc, raccourci elliptique, inexplicable, asilaire, « il allait se passer quelque chose » !

J'avais préparé ma tenue, la veille. Je n'avais pas très bien dormi. Tendu, l'artiste. Le mercredi, jour J, j'arrive au club tel un mutant. Concentré. Très concentré. Tellement concentré que j'avais oublié ma raquette. Panique à bord. Une raquette, vite, pitié, une raquette. Il faut courir, trouver une raquette. Je trouve une raquette. Bon. L'attente. Je passe en dernier. Où suis-je ?

C'est à moi. C'est mon tour. Au secours ! Mon Dieu, pour le caté, je regrette. Un peu, que je regrette.

J'avance dans l'arène. Minus parmi les minus. Le plus minus d'entre tous. Première balle...

Appliqué, le morveux. Je la revois, cette première balle. Et j'entends surtout, aussitôt, les clameurs qui s'échappent de derrière les grillages : « Oh la la, le petit, là, le petit, ça sait jouer, là, le petit ! » Transporté par les voix noires, je me mets à jouer. Le show démarre. Sur un nuage. Service, volée, service, volée. Arthur Ashe, pas Arthur Ashe, je n'en ai rien à foutre. Je n'en ai plus rien à foutre de rien ! Les clameurs, toujours : « Oh ! le petit ! Oh ! le petiiiiiiiit ! » Volée, demi-volée, le petit serre les fesses, le petit s'applique comme le malade qu'il est déjà. Tout en s'offrant des roulements d'épaules incorporés. Pour voir si tout le monde est bien assis. Pour voir si tout le monde goûte le spectacle. Le petit est déjà un comédien de première.

Fou, je deviens fou. Je termine, alors, en pleine lévitation. Au ciel, le Yannick. Le public est en délire. J'ai soixante de fièvre, je ricane nerveusement, où sommes-nous ? Ma mère s'approche de moi. Elle me fait : « Ils vont t'emmener. » Moi, qui ai parfaitement entendu, je m'étrangle : « Mais quoi ? Quoi ? Qu'est-ce qu'il y a, maman ? » Elle enchaîne : « Oh non ! Non ! Rien ! Je ne sais pas ! » Et, aussi sec, ma tête se transforme en calebasse : « Mais, putain ! Je pars avec eux ? Je-pars-avec-eux ? Je pars avec eux ! »

Évidemment, je me fourrais le doigt dans l'œil.

Le lendemain, ils sont partis. Partis sans moi. La déception grand format. Et pourtant.

Pourtant, tout n'était pas noir. Je savais qu'il s'était « passé quelque chose ». Va savoir quoi. Ils avaient parlé avec mon père. Ils avaient parlé avec ma mère. Ils avaient parlé avec mon oncle.

Bref, ils avaient parlé.

Par ailleurs, je n'étais pas vraiment en état de me poser des questions. Ma tête jouait du tam-tam. En guise de partition, un nom : Ashe ! Ashe ! Ashe !

Voir un Black jouer aussi bien, avec tant d'élégance, tant de légèreté, me procurait, à postériori, un sentiment d'insolation douce.

Ashe ! Ashe ! Ashe !

Ça cognait dur sous le tee-shirt.

Arthur...

J'avais un héros.

Je l'ai toujours.

Retour en arrière.

Question autographes, ce fut la curée sur Arthur. Moi, j'étais prêt à lui arracher son froc. Pour avoir une relique. Un suaire, quoi.

Avec une patience infinie, avec un sourire qui n'appartient qu'à lui, Arthur dédicaçait à tour de bras. Arrivé devant lui, là, je rougis. Et lui, tout simplement, tout naturellement, il me tend sa raquette. Tiens, cadeau, c'est pour toi. Là, dans l'ordre : je meurs, je tombe dans les pommes, je grandis d'un mètre, j'entends la *Symphonie n° 5* de Mahler (celle de Klaus Tennstedt, coffret Emi 2C 167-034440/1), je me retiens pour ne pas le demander en mariage, pour ne pas lécher ses pompes. En somme, j'implose de joie.

Que fais-je alors ? Je revois tout. Je fonce sur un court avec la raquette du grand homme. « Ma » raquette. Et, là, je joue pendant cinq heures d'affilée. Sans m'arrêter. Jusqu'au noir final de la nuit.

On pourrait croire que j'étais à tordre. Erreur. Ça ne faisait que commencer.

Le lendemain matin, sept heures, les quatre pèlerins prenaient l'avion.

Pour la première fois de ma vie, j'ai mis un réveil. À cinq heures, s'il vous plaît. Au radar, j'ai rampé jusqu'à la chambre de mes parents. Coup de coude dans les côtes de mon père : « Papa, faut que tu m'emmènes à l'aéroport. Papa, je t'en supplie, je vais mourir, il a oublié de me signer mon affiche ! » Les mots mourir-affiche-aéroport provoquent tout juste un soulèvement de paupières chez Zac : « Yann... Yann, t'es raide fou... l'heure... t'as vu l'heure... » Pour l'école, papa se cassait le nez, tous les matins (sept heures) sur un cadavre : le mien. Là, cinq du mat', j'étais au bord du hurlement : « Amène-toi, amène-moi, mon affiche ! Ou alors, pitié, donne-moi de l'argent pour un taxi ! » Zac réalise que l'affaire est grave. Gravissime. Qu'il aurait, en cas de refus, la responsabilité d'un chagrin in-sur-mon-ta-ble.

Amour d'un père pour son rejeton (là, si je ne vous arrache pas des larmes, bande de misérables, c'est à baisser les bras), il m'accompagne à l'aéroport.

Hall des départs.

Mon affiche sous le coude, je scrute, je cherche, je trouve. Arthur est là, petit sourire posé sur moi. Faut-il préciser que, la veille, il m'avait déjà signé vingt-sept autographes et quarante-six affiches. Il me fallait le revoir. Boire une gorgée supplémentaire de ce mec-là.

Arthur m'a regardé du bas de mes onze ans. Puis il s'est mis à écrire quelque chose.

Cette affiche, inutile de vous dire qu'elle est restée longtemps punaisée au-dessus de mon lit. Qu'avait-il donc écrit ?

Ceci : « J'espère qu'un jour, tu gagneras Roland-Garros. Arthur Ashe. »

Je suis capable d'inventer beaucoup de choses. Mais pas ça.

Voilà.

C'est tiré par les cheveux, épuré, trié de tous les cailloux, lyricisé : que ne ferais-je pas pour me cimenter un passé de dimension hollywoodienne ? M'enfin, merde, on est là pour ça. D'ailleurs, faites le compte, vous avez presque tout : les trémolos, l'enfant qui rêve, les Noirs opprimés, le dépaysement géographique, le sang, la sueur, les larmes, les mouches, bref le toutim. Manquent seulement les violons. Ils arrivent...

Si j'étais quelqu'un de sérieux, j'enfoncerais le clou. Au point où j'en suis, je ferais dérailler copieusement ma vie vers une sorte de *Rocky IV* sur fond de *Case de l'oncle Tom*.

Cela posé, attendez, je n'ai pas dit mon dernier mot. Dans le genre « le petit Poucet égaré dans la jungle », j'ai en boutique de quoi serrer les cœurs. Car, maintenant, vous avez compris, mon seul objectif étant de me faire plaindre, je vais mettre le paquet.

« Avant de marcher, il faut apprendre à ramper », disait Louis Mayer, illustre tycoon du cinéma américain, patron de la M.G.M. et, accessoirement, un enfoiré notoire pour oser proférer des horreurs pareilles.

Où commence l'entêtement ? Où commence l'indiscipline ? Où commence la prise en charge de soi-même ? Tels seront, amis du sport et de la culture, les grands thèmes (éternels) abordés, incidemment, par l'auteur dans les petites pages qui vont suivre.

À onze ans, un enfant ne rampe pas, ne marche pas : il court. Son avantage, c'est qu'il possède le gène de l'inconscience. Il n'a rien à perdre. Rien, apparemment, ne peut le casser. Il est sûr de terrasser la planète. Et pourtant, parfois, il y a des panetons dans cette belle mécanique qu'est l'inconscience. On y reviendra.

À onze ans, donc, j'arrive en France. Pour un stage à Fontainebleau. C'est mon premier rapport avec l'exode.

Des gens formidables, les Matherion, m'hébergent à Nemours. Me réinventent un cocon familial apaisant. Me confortent dans l'idée que la vie, c'est un perpétuel jour férié. À onze ans, largué de ses bases, c'est une illusion importante.

Le professeur, un certain Michelot (je revois son pantalon blanc. Les pantalons blancs, c'était la vieille école. Mais lui, si je me souviens bien, c'était pour cacher un mauvais souvenir d'Indochine) est un braillard énergique, plutôt marrant. Sous sa voix, la notion, le concept, le mot même d'« entraînement » prennent une réalité institutionnelle que j'embellis, à laquelle mes culottes courtes donnent un sérieux quasi papal, magique. À onze ans, on rêve fort. Et on saute sur l'occasion de prendre ses rêves au sérieux. C'est indispensable. Plus tard, bien sûr, les choses se gâtent, on tremble, les problèmes existentiels arrivent, la magie pourrit sous les obligations...

Mais, pour l'heure, Fontainebleau. Ce stage me conforte dans ma toute jeune foi : le tennis est un jeu, un jeu qu'il ne faut pas prendre à la rigolade ; c'est la condition *sine qua non* du grand plaisir. (À la relecture, je trouve mes délires légèrement moralistes, légèrement boy-scout, légèrement légers... Enfin, c'était pourtant bien comme ça que je voyais la chose.)

D'un stage, l'autre. Un an plus tard. Toujours à Fontainebleau. J'ai douze ans, comme le temps file.

Passent par là les grands manitous de l'entraînement fédéral. Une poule de stagiaires est organisée : je bats (comme je peux) tous mes petits camarades. Aussitôt, meeting chez les cerveaux : tiens, tiens, il est doué, ce petit nain ! On me propose alors la botte : intégrer le premier lycée tennis-études en France. À Nice.

Oui, une fois de plus, j'ai des carillons dans la tête. Nice. Avec les « grands ». Je vous rappelle que j'étais toujours, plus que jamais, un minus.

Nice, pour moi, c'est... c'est... c'est... Allez, tiens, c'est l'équipe de France ! Gilles Moretton, Christophe Casa, Dominique Bedel, etc., les stars de l'époque, me faisaient voir Nice comme le living-room du père Noël. Pouvoir être avec eux, pouvoir vivre avec eux, pouvoir jouer avec eux : j'avais envie de me pincer.

Au sein de ma famille, il y eut une conférence de type Yalta. Du style : on pèse le pour, on pèse le contre. Dans ces cas-là, curieux, les parents pèsent surtout le contre. Moi, partagé entre le désir fou de mettre les voiles et la peur de l'inconnu, je fais néanmoins le forcing.

Autant vous retranscrire fidèlement, dans le langage de mes douze ans, les pensées qui furent les miennes : « Allez, j'y vais ! Mes parents ne seront plus là pour me pomper l'air ! J'ai douze ans, après tout, je suis assez vieux ! Je vais me démerder tout seul ! Je serai peinard ! Peinard ! Enfin ! »

Gain de cause auprès des instances familiales : Yannick Noah, le rejeton de Yaoundé, part pour Nice. Le deal est le suivant : je pars pour trois mois. Trois mois, période d'essai. Pour voir...

Pour voir.

Au bout de trois jours, c'est tout vu. Je ne suis pas « peinard » du tout. Ils me tannent tous. Ils me bassinent. Dans les grandes largeurs. Et je m'emmerde. Et je m'emmerde. Mon Dieu, que je m'emmerde... Au secours, papa, j'ai la nostalgie des torgnoles faites maison.

Résumons : les angoisses d'un môme, tout seul, toujours tout seul, entre deux bizutages minables. Ben oui, tous les soirs, ayant le statut du minus, j'étais bon pour le bizutage : les fesses à l'Ultra-Brite. Ça brûle, l'Ultra-Brite, croyez-moi. Ultra-Brite, je ne sais pas quel est le con qui a inventé ça, mais c'est pire que le napalm. Colgate, Elgydium, Signal, à côté, c'est du talc.

Les « anciens » me proposaient également quelques variantes. Le lit-cathédrale, entre autres, sur les douze coups de minuit. Et puis la « douane » : j'avais trois (barres chocolatées) Nuts pour « tenir » la semaine, mon budget était serré, je les dégustais centimètre par centimètre. Et ces grands cons qui venaient me racketter, me piller, me bouffer tout sous le nez. Oh ! les mecs, je vous ai haïs comme vous ne sauriez l'imaginer. Plus tard, sur les courts, c'est le syndrome du Nuts qui m'a porté contre vous. Merci, les gars : je vous dois beaucoup.

Tout seul, donc. Trois heures par jour. Trois heures en solo. À faire le point comme un vieillard. Personne à qui parler. Personne à qui dire que j'ai le blues (under my skin). Personne à qui dire que je viens de pisser au lit. Trois heures à cacher tout. À garder tout pour moi. Les nerfs... La seule réaction positive, toute bête, toute simple, c'est l'encouragement que l'on se fait, que l'on se répète, que l'on se martèle : « Joue. Joue au maximum. Joue le mieux possible. Accroche-toi. Prouve, avec ta raquette, que tu as ton mot à dire. »

De tels états d'âme, à postériori, peuvent paraître salement mièvres. Mais ce sentiment de perdition, de noyade en solitaire, le tout arrosé d'obstination et de rêve, est fidèle à mes douze ans. Fidèle, aussi, pour une part, à l'obsessionnel que je suis resté.

Je noircis le tableau, évidemment, pour la bonne cause. Cet ouvrage est de salubrité publique : s'agit d'encourager tous les dépressifs en bas âge, il y en a, les statistiques sont formelles.

Petit à petit, je me suis rapproché d'un garçon de mon âge : Pierre Lebègue. Pierrot le Fou. On s'est inventé des points communs : on avait tous les deux trois, quatre ans de moins que les autres, il venait d'Éthiopie, je venais du Cameroun, il jouait du tam-tam, je chantais faux, il écoutait Maxime le Forestier, j'écoutais les Poppies...

Ah ! Les Poppies ! C'était ma fixation. La France des années 70, souvenir, souvenir, c'était ce groupe de kids toutes races mélangées qui chantaient benoîtement « aimons-nous-les-uns-les-autres ». J'avais leurs œuvres complètes : le père Duval (from Yaoundé) eût été fier de moi. Puisqu'on est là pour débloquer, débloquons : pendant des années, la destinée des Poppies a trotté dans ma tête ! Je me souviens, en 82, au cours d'une interview avec Danièle Heymann (*L'Express*, en vente dans tous les bons kiosques à journaux), j'évoquais cette douloureuse question d'intérêt cosmique : Mais que diable sont devenus ces bougres de Poppies ? Où est passé le sel de mon accablante jeunesse ? Je vous le demande. Trois semaines plus tard, je recevais un album (best of...) dédicacé par tous ces gentlemen au grand complet. Ainsi libellé : « On a grandi... »

Malgré les Poppies, malgré Pierrot le Fou, au bout de trois mois, je suis rentré au Cameroun.

Je n'en pouvais plus.

Yaoundé, again.

Le temps a passé. (Quelle belle phrase, grave, profonde, enfin de la poésie !...)

Est-ce le spectre de la rentrée des classes ? Est-ce le spleen de Pierrot le Fou ? Toujours est-il qu'un beau matin, la mine enfarinée, j'ai réattaqué Zac : « Faut que j'y retourne. »

Et j'y suis retourné, Avec un an de plus : frêle blindage devant le vertige. J'ai retrouvé Pierrot. Pas seulement la classique poignée de main, on s'est retrouvés au sens fort du terme. Pour le meilleur, pour le pire, à la vie, à la mort, serment indien et tout le bazar ! Les deux bleus, de nouveau, dans la même foulée. Et c'est reparti comme en 14.

On faisait tout ensemble : on s'entraînait ensemble, on faisait nos footings ensemble, nos devoirs ensemble. Et, surtout, on allait faucher ensemble, place Masséna, aux galeries Lafayette de Nice. La descente hebdomadaire. Pour le superflu (salé et sucré) et pour le vital (disques des Poppies : j'avais touché un Teppaz pour mon petit Noël). Des vrais vautours, qu'on était. Harpo et ses Marx Brothers dans *The Big Store*. Jusqu'au jour où on s'est fait piquer. On a nié, on a pleuré, on a ému : ils nous ont relâchés... Une telle panique, par la suite, ça vous forge les nerfs pour un tie-break mortel.

S'est-on arrêtés de voler ? Non, bien sûr. Ils étaient pas blanc-blanc, le Noah et son complice ! On s'est mis à braquer tous les casiers du Tennis impérial de Nice. Des experts. Pas une combinaison qui nous résistait.

Tout dans le doigté. À notre décharge, on était spécialisés ni dans le pognon, ni dans les fringues, ni dans les raquettes. Mais dans les poignets antisueur. Deux maniaques psychotiques du poignet. Deux fétichistes. Dès qu'un type se pointait au club avec un poignet, on le filait, on le pistait, on préparait l'embuscade. À quatorze ans, j'ai fait les comptes : trois cent vingt-six poignets. Une somptueuse collection privée. J'en avais de toutes les couleurs. En revanche, plus personne au club, voire plus personne dans la ville, n'avait un poignet pour s'éponger.

Études.

Je vous rassure tout de suite : le désastre a commencé très tôt. À treize ans, un an d'avance (j'y tiens), j'étais en quatrième. Ça marchouillait. Seulement voilà : cette année-là, les « grands » se sont mis à désosser le lycée. Grève contre la « réforme Haby ». Je ne sais plus ce qu'il avait dit, cet oiseau-là. Mais, visiblement, il n'en avait pas assez dit : seuls les « grands » étaient en grève. Pas les « petits ». Et moi, fatalité, j'étais un « petit ». Tout est venu de là.

Revenant du lycée accablé, électrocuté, carbonisé de fatigue, je tombais chaque jour sur les « grands » qui, eux, retranchés derrière le mot « grève » et la révolte civile, se la coulaient douce et jouaient au tennis. J'ai tenu une bonne semaine. Avant de craquer : moi, Yannick, élève de quatrième, j'instaure une grève égalitaire, valable pour tous, de la maternelle jusqu'au doctorat d'État. Je n'ai pas réussi à être suivi. En revanche, j'ai parfaitement réussi à redoubler.

Honte sur le redoublant. Lequel, toujours sûr de lui, persuadé de tout savoir, a très rapidement troqué son Lagarde et Michard contre une lecture quotidienne, attentive, complète de *L'Équipe.*

Perdons pas de temps, vite, vite, avançons. À quinze ans, les tournois « à gauche, à droite » ont commencé. Et les absences de « bonne guerre » avec. À seize ans, seconde C. Douleur, douleur, mais je passe en première à la force du poignet (une force miraculeuse), en dépit d'un professeur de maths qui me torture jusqu'aux sanglots longs. À dix-sept ans, rentrée des classes. Premier jour, premier cours, première heure : maths avec mon tortionnaire de l'année précédente. « Bon, vous remplissez les fiches. Dans cinq minutes, on va voir ce que vous avez fait pendant les vacances. Noah, au tableau ! »

Le coup de poignard fatal pour un paranoïaque de mon acabit ! Une heure debout, face au tableau, les mâchoires serrées. À me faire passer les bambous sous les ongles. Sans dire un mot. Le cerveau occupé à compter des doubles fautes imaginaires. Muré dans ma schizophrénie galopante.

La suite est courte. J'ai demandé mon transfert chez les littéraires. Transfert accordé. Pour pas grand-chose : je n'ai plus jamais remis les pieds au cours.

Bien évidemment, mères de familles, si d'aventure vous offrez ce modeste opuscule à vos enfants, je vous conseille fortement, auparavant, d'arracher, de brûler, d'avaler ces pages traitant de mon putsch scolaire.

Qu'on ne vienne surtout pas m'accuser de faire l'apologie des aventuriers. Encore que. Ça ne ferait de mal à personne. Mais, bon, ce qui va suivre peut faire peur aux personnes sensibles, aux mordus des grandes valeurs spirituelles (travail-honneur-patrie), aux angoissés de l'avenir. Donc, allez-y de bon cœur, arrachez, brûlez, avalez.

À dix-sept ans, j'annonce à la cantonade : « Je passe professionnel. »

Trois mots.

Trois mots qui vont déclencher la panique.

Yaoundé...

Mon père, en sueur, au téléphone : « Non. Pas possible. Tu es trop jeune. Va au moins jusqu'au bac. » Moi : « Mais, oui, papa, tu as raison. » Et je raccroche. Je vous la fais courte car, en fait, je résume, en trois lignes, trois heures de panique téléphonique entre Nice et Yaoundé. Salée sera la note. Bref, je raccroche. Je raccroche en me disant : « Pas question, petit papa, que je retourne moisir dans ce bahut. » Et je le fais savoir.

Affolement général.

Jean-Paul Loth, directeur technique de l'équipe de France, m'appelle de Paris. Nerveux. Comme son speech : « Mon petit, tu poursuis tes cours ou tu gicles. » Moi : « O K., je gicle. » Jean-Paul comprend qu'il a affaire à un fou. Il descend à Nice. Par le premier avion. La conversation, une heure quinze, tourne au camp du Drap d'or. Tout y passe : l'avenir, le spectre du fameux « bagage dans la vie », les règlements bafoués du centre tennis-études, la vie, la mort, tout, vous dis-je.

Conclusion : « Tu as bien compris, Yann, ce que j'ai dit ?

— Oui, oui...

— Bon. Alors tu retournes en cours dès demain ?

— Non, non... Basta ! J'arrête. »

Et ça gagne. Jean-Paul, verdâtre, se casse. Plus tard, il m'avouera qu'il avait eu du mal à garder son sérieux pendant toute cette conversation, fasciné par l'obstination tennistique du morpion que j'étais. À l'époque, évidemment, il était en porte-à-faux pour battre des mains devant pareille rébellion. Imaginons pourtant le dialogue suivant : « T'as raison, fils, te gêne pas pour moi, casse-toi au galop sur les courts ! »

Cette décision de larguer les amarres, ainsi résumée, peut sembler relever du caprice pur et dur. Vrai et faux. Depuis trois ans, déjà, je rêvais, je vivais, je m'entraînais comme un pro. Je ne m'entraînais pas pour faire plaisir à papa, à maman ou au pape. Je m'entraînais pour moi. Et, nanti d'un complexe du minus, je m'entraînais doublement par rapport aux autres. Voire triplement. C'est peut-être la seule vraie qualité à mettre à mon crédit de joueur : je n'ai jamais fait le con pendant un entraînement. Jamais. Je doublais, je triplais les footings, j'étais accroché (comme un camé) aux consignes de Patrice Beust, mon entraîneur. C'est lui qui m'a fait comprendre une chose : on ne s'entraîne pas, on ne joue pas pour la galerie. Mais pour soi-même. C'est trivial tellement c'est simple. C'est tellement simple que ça sonne débile. Mais c'est comme ça. Car, en fait, la résistance physique et le potentiel technique relèvent d'une accumulation d'efforts qui restent en vous comme une banque de données inaltérables. Et vous portent sur le terrain. On parle souvent de l'intelligence de certains joueurs : c'est de la connerie pure. Quand la balle va à cent cinquante à l'heure, l'intelligence, je ne vois pas où on la case. La vitesse de la pensée, en tennis, est un leurre. En revanche, celui qui s'est entraîné au-delà de toute expression, possède, tel un ordinateur, toute une gamme de solutions physiques et techniques destinées à parer positivement l'imparable. À transformer l'horreur en bouffée d'oxygène. Bref, à marcher sur la gueule de l'adversaire.

Quand un journaliste, aujourd'hui, me tombe dessus, béatement, avec la question narquoise, mais classique, du style : « Vous trouvez ça normal de gagner tant d'argent ? », je me sens obligé de rabâcher : « Quand je m'entraîne, c'est gratuit. Ça fait des années que je ne me suis pas présenté de factures ! » L'entraînement, c'est la formation permanente. Engranger, au maximum, tous les paramètres imaginables dans notre mémoire. Pour être surpris le moins possible. À dix-sept ans, grâce à Beust, j'avais déjà ce credo enfoncé dans la tête comme une jolie tumeur. Grâce à Dieu, aussi, je ne l'ai jamais soignée.

Autre question, plus réaliste : étais-je, suis-je doué ? Je réponds : non. Et ce n'est pas de la provocation. J'ai simplement bétonné mon rêve en travaillant. Peut-être servi par une félinité, une détente de singe (c'est laid, un singe, non ?) qui provient de ma stature physique. Mais, pour ce qui est de mon touché de balles, aïe, aïe, aïe, je peux vous citer cinq cent mille noms susceptibles de me refiler des complexes...

Travailler, quand on parle de tennis, cela peut sembler grotesque, car transparent. Mais c'est la seule réalité viable pour gagner toutes les guerres de la balle blanche. Au-delà de cette réalité, ce qui me portait, ce qui me porte encore aujourd'hui, ce sont les flash-back de mes parents qui en ont bavé. Papa, qui rentrait détruit de la banque. Maman, qui assurait à mort. Elle était prof de français, d'anglais, de géo, d'histoire. C'est pas tout. À la sortie de l'école, elle démarchait les gens pour fourguer des encyclopédies Larousse. Et le soir, allons-enfants, elle corrigeait des copies... J'avais sincèrement l'envie de mériter leurs efforts. De m'aligner sur eux. En espérant qu'un jour, il n'y aurait plus de banque, plus de copie, plus de Larousse, plus rien à foutre que d'être heureux.

Sortez les Kleenex...

Travailler, c'est bien, mais avec qui ? J'ai eu la chance de rencontrer Patrice Hagelaeur. Je pourrais le couvrir de superlatifs, de sauce, de mains aux fesses. Pendant deux cents pages. Mais les deux cents pages peuvent se condenser en quatre mots : confiance, complicité, générosité, disponibilité. Des qualités qui ne courent pas le caniveau. Patrice m'a tout donné (poh, poh, poh...). Il m'a également appris à ne jamais chercher d'excuses. À préparer les matches avec ce qu'il faut d'optimisme, d'inconscience et de lucidité. À entrer sur le court avec l'état d'esprit de Damien[1] (pour les ignorants, c'est l'homme qui, avant d'être écartelé en place de Grève, déclara : « Mes amis, la journée promet d'être rude ! »)

Bon, là, j'espère que j'arrive à vous exaspérer. Le sketch de la conscience professionnelle sur fond de larmes chaudes, ça agace, ça, non ? Mais, si. Attendez voir. Je vais peaufiner le tableau et vous allez saisir une chose : tout n'est pas si simple.

On s'en serait douté...

Paris.

J'ai dix-sept ans, un premier contrat, une chambre de bonne à Roland-Garros... Très vite, j'emménage dans un studio, rue Poussin (XVIe arrondissement : faut pas mollir...). La décoration est vite réglée par mes soins : une chaîne stéréo, un plumard.

Et c'est alors, mes bien chers frères, que je commence à craquer pour les gonzesses.

C'était trop beau.

1. Le mec qui a collé un coup de canif à Louis XV...

Avant d'attaquer ce chapitre ô combien hallucinant de mon existence, j'aimerais préciser un détail quant à ma trajectoire (quasi mystique) de joueur-censé-savoir-ce-qu'il-fait-et-où-il-va.

Ça ne date pas d'hier. Mais d'avant-hier. Voilà : peut-être vous en êtes-vous rendu compte, je vis, depuis toujours, totalement empêtré dans mes contradictions. Je dis blanc un jour, rouge le lendemain. Dans le domaine des contraires, je suis un as. De plus, j'ai l'art de développer un rêve pour y adjoindre, aussitôt, une conclusion négative. D'ailleurs, sitôt le rêve en question réalisé, je me précipite pour démentir ma conclusion négative. Ces contradictions, je les assume totalement. Elles ne proviennent pas d'une névrose incontrôlée. Mais de ce qu'on appelle la « scoumoune ». Un exemple : j'ai suffisamment claironné sur les toits que, si un jour je gagnais Roland-Garros, je mettrais la clé sur ma raquette. Que j'arrêterais *ad vitam aeternam*. Commentaire : comment peut-on dire des conneries pareilles ? Figurez-vous que c'est tout bêtement de la superstition. Tous les joueurs de tennis avancent à coups de gris-gris. Untel qui fait rebondir la balle sept fois avant de servir : dans le genre, Vilas est un maître. Untel qui fait le tour du court entre les changements de côté : le kilométrage (gratuit) de Gerulaitis m'impressionne. Etc. Moi, mon gri-gri, c'est de dire : si j'arrive à faire ça, j'arrête ! Scoumoune pure, je l'affirme. Qu'ensuite on passe au crible la radioscopie de ces contradictions et qu'on me fasse passer pour un débile moteur, je m'en tape. C'est comme ça : c'est comme ça !

Fin de la précision.

Bon, reprenons : les gonzesses.

Hé oui... Fallait bien qu'on y arrive, un moment ou un autre. Car c'est important. C'est même la clé de ma carrière. Le baromètre de mes résultats. Le mercure de mes scores.

Sur un divan, je ferais le bonheur d'un psychanalyste.

Allons-y...

Déjà, minime, j'avais enlevé le titre de champion de France haut la mano pour une bonne raison. Il y avait dans les tribunes, venue du Languedoc, une petite fille au regard triste qui me fascinait le ciboulot. Ce jour-là, grande classe, je jouais beaucoup mieux que d'habitude. Comme par hasard.

J'aurais dû me douter de quelque chose.

Plus tard, seize ans, l'Orange Ball. Les championnats du monde junior. Je suis tête de série numéro 2 ; Lendl est numéro 1. Une finale affichée. Seulement voilà : au début du tournoi, je vais voir *Hair* dans un théâtre de Miami et je me pâme devant une jeune danseuse. Allison Glazman, qu'elle s'appelait. Je balance les noms ! Bref, coup de chance (en fait : cauchemar absolu), elle est la copine de la fille des gens qui m'hébergent. Le soir même, un mercredi, la rencontre est « organisée » : on va voir *A Star is born* au cinoche. (Depuis, ce film, je l'ai vu huit fois ; je peux vous réciter par cœur les dialogues de Barbra Streisand.) Et, miracle des miracles, je roule une pelle à ma danseuse. Je ne me sens plus. J'ai le carnaval de Rio dans la tête. Le jeudi, le vendredi, je fous des branlées monstrueuses à mes adversaires. Intouchable.

Le vendredi soir, je m'en souviens, on avait une « party » à la maison. En français : une Coca-boum. La veille, je m'étais acheté un jean pour l'occasion. Mon premier jean, vous saisissez la magie de la situation ? Mon premier jean... La party démarre. Et on attend, on attend. Tout le monde est là, sauf elle. Au bout d'une heure, elle arrive. Derrière elle, son mec. Infarctus chez Noah. J'ai envie de pisser de douleur dans mon (premier) jean. Gilles Moretton, mon « grand frère », me voit manquer d'air. Et prend les choses en main. À la fille : « Allez, casse-toi ! Parce que si tu ne te casses pas, dans cinq minutes, j'explose ton mec ! » Gilles : une montagne. Dès l'âge de quatre ans, déjà, il mesurait un mètre quatre-vingt-quinze et affichait quatre-vingt-dix kilos. Alors elle se tire. Et moi, là, je reste en plan, avec le cœur qui casse.

Le lendemain, demi-finale, je jouais un certain Motta. Deux semaines plus tôt, je lui avais collé deux roues (6/0 6/0) quelque part au Brésil. Là, il m'a mis 2 et 1 (6/2 6/1) sans problème aucun. Paralysé, j'étais. Indifférent à tout. Le dégoût.

Va raconter ça aux gens. Tu passes pour un con, évidemment.

Cette histoire, bien mignonne, pour vous dire qu'il suffit de suivre tranquillement mon palmarès pour avoir, de façon précise, les courbes sentimentales de mon existence.

La réciproque est vraie.

Quand j'ai rencontré France, ma première, ma vraie love story, j'avais dix-huit ans et je traînaillais en Afrique. Dès la première nano-seconde, entre nous, des vibrations d'enfer. Mais, ça arrive (hélas, trois fois hélas), elle n'était pas libre. Au-delà des regards en biais (ah ! les fameux regards en biais...), il n'y eut rien d'autre.

Un mois plus tard, Nice. J'étais seizième joueur français. Et content de moi. Le parfait crétin, quoi. Classé trois cent cinquantième à l'A.T.P., je n'étais même pas habilité à entrer dans le tableau du tournoi. Finalement, grâce à une « wild card », je peux y participer.

Or, curiosité des curiosités, je me suis retrouvé en finale de ce tournoi. Comme si de rien n'était.

À un détail près : elle était là. Derrière les grillages. À tous mes matches.

Mais, la vie, la morale, entre nous, toujours rien... N'empêche : cette finale, meringuée d'amour, me propulsa en équipe de coupe Davis.

Et puis il y eut les premiers mots de France : « Tu ne te rends pas bien compte. Tu es seizième joueur. Mais tu joues mieux que tous les autres réunis. Vas-y. Tape-les. » On me dit ça, moi, je charge au pont d'Arcole.

Aussitôt dit, donc, aussitôt fait. À partir de là, ne cherchez pas, chaque fois que j'ai gagné un tournoi, c'est que ma fibre sentimentale venait de se transformer en sucre d'orge.

En vrac... Départ pour Manille. Quatre mots de France : « Gagne pour moi. » (Oui, il manque un mot, devinez lequel ?) C'était mon premier tournoi de Grand Prix. Problème ? Aucun. Je les assaisonne. Tous. Et envoyez la coupe ! Match fini, je fonce à l'hôtel. Télégramme : « J'ai pensé à toi. Et j'ai gagné. »

Ma vie professionnelle, c'est *La Semaine de Suzette.*

Après Manille, Calcutta. Rebelote. Re-victoire. Retélégramme.

Une nouveauté, cependant. Cette fois, je me lance dans une politique de téléphonite « longue distance » hallucinante. Depuis, j'ai enfoncé tous les records. En 79, à Memphis, j'ai réussi à passer quatre heures vingt-huit accroché au téléphone (avec Paris) en l'espace de trois jours. Note d'hôtel : trois cent vingt dollars. Note de téléphone : mille huit cents dollars. Un bâton. En trois jours. Qui dit pire ?

La suite du film ne fait que renforcer cette évidence. Mon premier tournoi de grande envergure, ce fut Richmond. Sur le papier, je n'avais aucune chance. Seulement voilà : pour la première fois, France m'accompagnait. Avec elle, j'étais prêt à pique-niquer dans un cratère de volcan mal éteint. Alors, à Richmond, sonnez clairon, ce fut le massacre. Noah dans un transat, finale incluse.

Trois ans plus tard. Quand les choses, entre France et

moi, ont tourné au vinaigre, je me suis mis à ne plus piquer une balle. La vie, quoi...

Tout à l'avenant. Les jours passent, une petite romance avec Kim, et hop ! c'est reparti. Coupe Davis, je bats Lendl. Lendl, qui, à Palm Springs, se prendra une nouvelle branlée pour cause de nouvelle romance. S'il savait... À chaque fois, mon entraînement n'a jamais ni gonflé ni faibli d'un iota. Que je prenne des roustes ou pas, chagrin d'amour ou pas. Tout est dans le sein. La suite confirme mon incurabilité. L'équation reste la même : une love story à Hambourg = une victoire au pas. Survient une engueulade avec Jill, qui fait ses valises : je prends une correction à Monte-Carlo, contre Orantès. Le plus mauvais match de ma vie. Mais le feuilleton continue. C'est à devenir fou. Jill me téléphone, la réconciliation : je gagne à Madrid. Assez ! Faites-moi une piqûre !

Une lobotomie, peut-être...

Roland-Garros 1983 fut l'apothéose de ma plénitude tout terrain. Tout baignait avec Jill, tout baignait avec la famille, tout baignait avec mes amis, tout baignait avec tout le monde. Si tout baigne, c'est que je n'ai plus qu'une chose dans la tronche : gagner. Quand on ne pense plus qu'à gagner, quand on n'a plus que ça dans le cortex, c'est quand même plus facile. En revanche, si c'est un problème englué parmi cent mille autres...

Les commentaires qui ont suivi la finale, m'ont fait crié de rire : « Franchement, cette fois, Yannick, vous vous êtes préparé sérieusement. Vous vous êtes entraîné comme il fallait (?), vous avez banni les sorties, vous avez su faire le vide autour de vous. » J'en passe et des pires. Que de conneries ! Que de conneries extraterrestres ! Je le jure : je n'ai pas changé d'un angström mon entraînement ni mon style de vie.

De même, je ne l'ai pas changé davantage quand la gangrène sentimentale s'est installée. Avec débâcle à l'appui...

Le top, dans ces hauts et ces bas, fut ma rencontre avec Cecilia. Imaginez tout ce que vous pouvez imaginer. Je n'en mettais plus « une » dans le court, j'avais le genou en morceaux, le dégoût, plus aucune envie de jouer. Et puis... Et puis... Et puis... Et puis vous ne saurez rien car, là, il n'y aura jamais prescription...

Un dernier mot sur la question.

Sur le coup, quand on prend une volée et qu'on vous demande, dès la sortie du court, de faire l'analyse brillante du pourquoi de votre volée, il est inconcevable, inimaginable, de déballer son linge privé. Alors, face aux journalistes, on biaise. Allégrement. Comme il n'y a, de toute façon, rien d'autre à dire que : « J'ai pris une volée, l'autre était meilleur, moi j'étais nul », car sur la quintessence d'un match, excusez, mais j'insiste, il n'y a rien, absolument *rien* à dire, on se sent obligé de faire des phrases décalées, voire déconnantes, histoire d'éviter un malaise au journaliste. Et alors, ensuite, ça donne des kilomètres d'encre qui coulent sur votre manque de sérieux, sur votre décontraction à la limite du je-m'en-foutisme, vos fuites devant vos responsabilités. On rêve. Car, bien entendu, les conneries qu'on vous assène ne guérissent en rien votre mal premier : le désastre affectif. Voire votre vide total.

Freud (le doc), qui n'est pas un pote intime, pourra sûrement vous en dire davantage sur cette tare. Laquelle tare, personnellement, je considère comme un signe de bonne santé.

Un jour, pas plus tard qu'en 83, à la sortie de Roland-Garros, je reçois un bristol pour accompagner François Mitterrand. Pas au cinéma, non. Au Cameroun. Ça m'a fait bizarre. Cinq ans plus tôt, j'habitais encore une petite chambre de bonne à Roland. À m'interroger. À me poser la question qui fait mal : vais-je être capable de gagner ma vie ? Et là, subitement, hop ! dans les valises officielles du grand chef. Petit vertige, évidemment.

Une fois de plus, les experts en rang serré ne se sont pas privés pour me faire un cours sur le Bien et le Mal : « Pauvre pomme ! Tu te fais récupérer, tu te fais bouffer, tu te fais avoir, etc. » C'est drôle. Les experts ont toujours le sens de ce qu'il faut faire, ne pas faire, dire, ne pas dire. Surtout quand on ne leur demande rien. Magnifique. Impressionnant. Dans la rue, quand tu demandes du feu à un type, il change de trottoir en appelant les flics. Dans la vie, en revanche, tu ne demandes rien à personne, tu savoures le plaisir d'aller enquêter dans les hautes sphères surréalistes du pouvoir, et il y a deux cent mille pisse-vinaigre qui viennent te jeter à la face un guide de bonne conduite vérolé. Je les emmerde. Droite, gauche, je m'en fous. La politique, en regardant bien, c'est comme un mauvais carrefour. Avant de traverser, vaut mieux lorgner des deux côtés pour voir d'où viennent les chauffards.

Donc, Mitterrand. Si, quelques années plus tôt, on m'avait gentiment proposé d'aller suivre un tournage de John Wayne, j'aurais dit oui pour les mêmes raisons. Sans me préoccuper de savoir si le grand John, oui ou non, est béret vert ou pas, a cassé du Viet ou pas : c'est son problème, ça le regarde. En revanche, la mythologie de certaines personnes, de certaines situations, me fascine. C'est bête comme chou. Donc, j'y vais.

Hall des départs. Le protocole dans ses grandes pompes. Mauroy arrive. Il pile devant mon costume du dimanche : « Bonjour, monsieur ! » Moi, dans mon nuage, je réponds : « Bonjour, madame ! » Et, là, je réalise à quel point, protocole, pas protocole, mon cas est désespéré. J'ai un mal fou à prendre au sérieux qui que ce soit, quoi que ce soit. Je devrais avoir honte. Mais ce n'est pas la personne qui me fait dérailler, ni même la fonction, c'est le sérieux vitrifié de la personne en fonction. Mauroy a dû me prendre pour un fou. Pire, au retour, à nouveau l'un devant l'autre. Lui : « Bonjour, monsieur. » Moi, toujours décalé : « Bonsoir, bonsoir. »

Il était huit heures du matin. Et je ne le fais même pas exprès. Je crois qu'il y a, hélas, en moi, un désir pervers, systématique, de toujours prendre les devants face aux attitudes commandées, aux situations calculées, aux garde-à-vous des crânes. Un désir de hurler à quiconque : « Bon, les gars, arrêtons les embrouilles. On est tous aussi nuls les uns que les autres. Partant de là, changeons de ton et allons déconner devant un Coca ! » Mais, bon, je répète, je devrais avoir honte d'être comme ça. C'est que les voyous dans mon genre, ma pauv' dame, ça ne respecte rien ! Ça se croit tout permis ! Ah ! une guerre, une bonne, une bien saignante, tiens ! Il la fermerait, le Noah, sa grande gueule d'irresponsable !

J'avais prévenu, hein ? Dès le début, d'entrée de jeu de ce bouquin, j'avais annoncé la couleur, non ? Autant vous avouer réellement à qui vous avez affaire. Pas d'erreur sur la marchandise, même si vous jugez la marchandise avariée ! En fait, après un long débat de conscience (cinq ans) j'en suis arrivé à la conclusion suivante : je préfère être détesté convenablement qu'être aimé à n'importe quel prix.

Bon. Revenons à nos moutons.

L'avion.

Intérieur de la carlingue. Moi, intimidé, je regarde. J'écoute. Je tâte. Ça discute de tout et de rien. Surtout de rien. Ce qui est plutôt sympathique. À six mille mètres d'altitude, les bretelles des pantalons se relâchent un peu. Surtout chez les politiciens. Comme si le spectre d'une explosion imminente ramenait les esprits au juste niveau : le niveau zéro. Ça se met donc à parler de cul, de pétards, de n'importe quoi. Moi, en connaisseur, j'apprécie. Puis les choses se gâtent. Ils viennent me brancher sur le tennis. Inévitable. Bien sûr, ils ne comprennent rien, comme tout le monde. Mais bon, ce n'est pas grave. Je débite mes insipidités habituelles, inattaquables, pour tourner court. Tout le monde est content. Je peux retourner à mes occupations : regarder. Les regarder.

Leur mérite permanent, c'est une épreuve que connaissent, sporadiquement seulement, les tennismen : la pression, la tension, le qui-vive. Avec leur protocole à la con, chaque seconde de vie est une obligation. Même les secondes de vide. Peut-être, même, que le vide, parfois, est une obligation stratégique. J'admire. J'admire car je me vois mal vivre, vingt-quatre heures sur vingt-quatre, sur un court avec la hantise du contrepied.

Dont acte. Une fois l'avion posé sur le sol camerounais, les bretelles se resserrent. On reprend la pose, on se refait la raie. On se talque le fond de l'œil.

La passerelle est amenée. Et, là, pendant trois jours, la pression. Monstrueuse. Et nous sommes au Cameroun. Qu'est-ce que ça doit être chez les Ruskofs ! Réflexe de tennisman : on se demande quand, comment, où, ces types prennent le temps de se concentrer. Discours, poignées de main, discours, poignées de main, bouffe, bouffe, réunions, visites, pas le temps de dormir, au galop, hop, hop ! Et ils assurent. Nous, joueurs, sommes des nabots comparés à ces illuminés. Au pire, un joueur est porté par le pognon. Au mieux, par la victoire. (Les deux, c'est pas mal non plus.) Mais, bref, par du concret. En politique, la victoire dans un quotidien pareil, j'ai du mal à saisir où elle se trouve. (Qui a dit : et-le-pognon-alors ?) Des illuminés, donc, forcément. Ça inspire le respect.

Le père François. Suffocant, Mitterrand. Il est

canné, fatigué, tué, cassé en mille morceaux. Il a sur le visage plus de make-up qu'une poule un samedi soir. Et pourtant, à tout moment, l'œil est là. Paré. Paré à tout. Une présence qui lui fait contrôler le terrain au-delà de toute expression. Balle à droite, balle à gauche, pas de problème, il assure. Il possède une panoplie de réflexes, une rapidité de déplacement de l'esprit qui me laissent gaga. Et un calme, un calme à rendre hystérique des Borg. Soyons sports, il aurait fait un grand joueur, le père François. Peut-être que c'est pas foutu. François, quand tu veux !

Bref, je me suis bien amusé au contact de ces bulldozers.

Et, surtout, détail fondamental, j'ai réalisé qu'au niveau de l'intendance, les joueurs de tennis ne tenaient pas l'échange avec les politiciens. En effet, à voir un ministre, en plein ciel, sortir son pyjama rayé, gonfler son matelas pneumatique, roupiller à même la moquette de l'avion, je me dis que j'ai encore quelques progrès à faire. Désormais, mes raquettes, je les collerai à la soute. Et je grimperai à bord avec mon hamac !

Fin de l'épisode.

Suis-je français ? Suis-je africain ? Blanc ou noir ? Comme s'il fallait choisir. Comme si, de par une position d'homme public, il s'agissait là d'un dilemme capital. Avec un enjeu. Un enjeu...

J'ai déjà l'impression d'avoir beaucoup à faire à être moi-même. Pourtant, une chose est sûre, c'est la réalité au quotidien qui vous pousse à l'illusion du choix. Une réalité changeante. C'est elle, cette garce, qui vous fait voir votre couleur. Car, justement, elle vous en fait voir de toutes les couleurs.

Parlons-en.

Souvenir de Paris : je suis au volant de ma caisse. C'est la tombée de la nuit. Place de l'Alma. Dans un embouteillage qui dépasse les bornes. Derrière moi, un ahuri qui me fait le pressing. Appel de phare, klaxon, appel de phare, klaxon. Ad lib. N'étant pas au volant d'un hélicoptère, moi, j'ignore ce tas de pus. Tranquille, dans ma musique, à attendre que ça se tasse. Ce connard déboîte alors sur le trottoir, abaisse sa vitre, me traite de sale nègre. Et décampe, bien baveux, bien ravi. O.K. vieux. Attends. Le sale nègre a vu la poursuite de *Bullit*, trois fois, au cinoche. C'est parti ! À la Maison de la Radio, feu rouge, le tas-de-pus est à l'arrêt. Je freine, je sors de ma caisse. À la hauteur de son rétroviseur, je m'annonce d'une voix douce : « Bonjour, c'est le sale nègre. » C'est la rapidité avec laquelle il a tenté de relever sa vitre qui m'a fait perdre la boule. Ni une ni deux, je mets la main dessus, j'écrase la vitre, je lui écrase mon poing sur la gueule. J'essaye de me calmer, je fais trois pas en arrière, mais c'est trop me demander, ce type me dégoûte au-delà du réel, je reviens au galop et lui balance un coup de toutes mes forces sur le toit de sa bagnole. Probable qu'aujourd'hui encore il y a mon poing oblitéré dessus. Probable — aussi — qu'aujourd'hui ce petit monsieur se sente légitimement autorisé à traiter de sale nègre tout individu de couleur. Mais je vous raconte cela pour insister — épidermiquement — sur une chose : ce n'est pas le racisme bon marché qui me fait déglinguer une bagnole, c'est la bêtise. La crétinerie épaisse. Et le problème, avec la crétinerie, c'est qu'on ne peut la museler — sporadiquement seulement — que par une crétinerie encore plus grande : genre déglingage de bagnole. Cela dit, ça défoule. Moralité, quand vous avez un trop-plein d'énergie en vous, traitez-vous de sale nègre...

De la bêtise au vrai racisme.

À dix-sept ans, je disputais un tournoi en Afrique du Sud. On m'a tout de suite regardé comme un porteur de virus. Quand, à dix-sept ans, tu te fais virer d'un restaurant pour des raisons obscures (c'est le cas de le dire), ça colle un choc. (Ce jour-là, il a fallu que je retienne Gilles Moretton par les pieds pour qu'il ne démonte pas le restau en question.) Quand, à dix-sept ans, tu vois des Blacks parqués à trois cents mètres des courts, gardés par des chiens et des matraques, ça t'ébranle sincèrement le coquillard. Moi qui venais tout bêtement, tout content, pour jouer au tennis avec ma petite raquette.

Autant d'images qui n'ont jamais quitté définitivement ma rétine.

Du vrai racisme à la vraie récupération.

Récemment, à Los Angeles, on m'invite à venir faire une causerie à la télé. Une « télé reggae ». Un rasta à l'accueil. Un rasta au micro. Des rastas derrière les caméras. Derrière les consoles. Des rastas pleins les couloirs. Atmosphère, atmosphère... Ils se mettent alors à me parler dans une langue venue d'ailleurs. Une langue à laquelle je n'entrave rien. On me traite de « frangin ». Et, à sec, comme ça, devant la caméra : « Il y a d'abord eu le Négus. Puis, dans la musique, Bob Marley est arrivé. Aujourd'hui, avec le tennis, il y a Toi. »

À la télé ! Pas une couillonnade qu'on vous glisse, à l'oreille, en aparté, dans un vestiaire. Non, à la télé ! Alors, là, j'ai mouillé. Psychose, les amis. Je me suis dit : « Bon, que fais-je ? Soit je me jette tout de suite par la fenêtre du quatorzième étage, ce qui, en fait, est assez chiant parce que ça doit faire mal quand tu arrives en bas. Soit la solution douce. » En avant pour la solution douce ! Je me suis levé, kaï, kaï, et j'ai blindé comme un avion vers la sortie.

Dans ces cas-là, c'est rédhibitoire, on me traite de sale Blanc.

Retour, maintenant, à la case départ : suis-je français, suis-je camerounais, blanchi ou passé au Baranne ? Après le détail de ces quelques anecdotes désastreuses, je n'ai pas d'autre sentiment que d'être moi. Moi tout seul. Mon pays, c'est moi. Une déclaration qui peut claquer comme une insulte quand elle est proférée par un type sélectionné pour défendre son pays en Coupe Davis. Mais, justement, je n'ai pas l'impression de défendre, ni d'attaquer qui que ce soit. Doit-on avoir, absolument, le spectre du bleu-blanc-rouge dans son viseur ? Il s'agit d'un jeu, bordel ! Faut pas mélanger jeu avec patriotisme et vanité. Le patriotisme, sans vouloir déranger, c'est quand on prend le fusil parce que des guignols viennent de passer la ligne du Rhin pour vous trépaner les couilles. Là, en ce qui nous concerne, s'agit de dédramatiser : il est question de sport. Et d'une équipe, consanguine par le passeport, certes, mais d'une équipe avant tout. C'est d'ailleurs la seule vraie donnée qui nous soude. Qui nous fait hurler à mort quand un pote est en train de se faire charcuter au cinquième set. Ça ne va pas plus loin. Le viseur, c'est la victoire collective, gratuite et intimiste. Point. On ne porte pas le budget de la Défense au bout de nos raquettes. Je sais bien : qu'est-ce que je vais prendre pour oser dire des choses pareilles ! L'emmerdement, avec le sport, c'est que tout est récupéré par une vanité nationaliste. De celle qui fait causer dans les chaumières, causer dans les ministères, causer dans les troquets de bar, de celle qui donne prétexte à se soûler la gueule et à se foutre sur la tronche avec son voisin. C'est nul.

Je n'ai donc pas à m'affirmer en tant qu'Africain. Je n'ai pas à me justifier de mon sang français. Je ne suis pas français : je suis *aussi* français. Idem, côté africain.

Les comédiens, autrefois, n'étaient pas considérés comme des citoyens. À leur mort, on les balançait à la fosse commune. (C'est peut-être toujours le cas, vu l'ambiance de la planète ; faudra que je me renseigne.) Tout ça parce qu'ils avaient un statut de vagabond. Jamais deux jours dans la même ville. Tout ça parce qu'ils avaient une âme mi-blanche (le bon Dieu, quand même, leur avait donné la vie) et mi-noire (le diable, sacré coquin, leur avait donné l'inspiration). Bref, ils étaient considérés comme des cafés-au-lait aux yeux des curetons.

De par mon pigment ambigu, de par mon métier de traîne-savates, j'assume ce statut de vagabond.

Putain, je suis pas mécontent de cette petite allégorie !

Bon, promis, je ne recommencerai plus...

Tout cela ne m'empêche pas de dégueuler sur les extrémistes, les racistes, les connards, blancs ou noirs, de tout acabit. La plus belle manière de dégueuler, finalement, ce n'est ni les mots, ni les fuites d'un quatorzième étage, ni les déglingages de bagnole. C'est peut-être le talent. Quand Randy Newman écrit ses chansons sur les « rednecks », quand Arthur Penn tourne *La Poursuite impitoyable*, ça parle, ça. Que tu habites Brest, Dallas ou Lambaréné, tu reçois le talent en pleine gueule et ça te nettoie de toute la pourriture que tu trimbales.

Un exemple choc : le combat de boxe « du siècle », qui opposa, le 4 juillet 1910, un Blanc et un Noir, Jim Jeffries à Jack Johnson. Envoyé spécial du *New York Herald*, c'est Jack London qui couvrait la rencontre. Un London connu, précisément, pour avoir des conceptions de la race aryenne particulièrement musclées.

Bref, je vous résume ce qui se trouve chez tous les bons libraires (10/18, n° 1130). Le match se déroule à Reno. Toute la ville porte Jeffries, l'homme blanc. Dans le stade, vingt mille Blancs sont venus pour voir Johnson se faire dépecer par Jeffries.

Et c'est tout le contraire qui va se passer. Au quinzième round, Johnson colle un parpaing dans les dents de l'autre. Knock-out ! La foule blanche vit son humiliation. Jack London, lui, débarrassé par le sublime spectacle de toutes ses contradictions racistes, s'indigne : « Un cri s'échappe d'un grand nombre de spectateurs. À ce cri, se mêlent des larmes et une abjecte déception :

« — Ne laissez pas le nègre le mettre knock-out, ne laissez pas le nègre le mettre knock-out ! répétait-on. »

Pendant tout le combat, Johnson avait souri. Pas un sourire narquois. Non, un sourire de « pure bonté » planté dans les yeux de Jeffries et des gens qui l'insultaient.

London, encore : « Johnson est un prodige. Personne ne le comprend, cet homme qui sourit. L'histoire de ce combat est l'histoire d'un sourire. » Venant de London, a-t-on jamais écrit quoi que ce soit de plus beau sur la question ?

Et vive la rédemption.

Hé, ho, qu'est-ce qui m'arrive ?

Une anxiété non feinte (pour une fois) me fait subitement galoper la pomme d'Adam. Ne serais-je pas, en ce moment même, en train de vous faire avaler quelque chose d'inavalable ? Oh, la la la la ! De quoi parlé-je ?

Mais de ceci : l'air de rien, comme ça, entre deux inepties, je truffe mes petits états d'âme de citations, de repères littéraires, de références culturelles ! Et un coup de Jack London par-ci, un coup de Victor Hugo par-là ! Halte-là, justement ! Au fou ! À l'escroc ! Ça ne va pas du tout, ça ! C'est une fausse piste. Je n'ai rien lu. Enfin, quasiment.

Faudrait quand même qu'il n'y ait pas d'ambiguïté. J'assure, j'assume mon ignardise. Si je fais le compte des livres que j'ai pu lire jusqu'au bout, on arrive tout de suite au nombre de deux auteurs : la biographie d'Elvis Presley, signée Albert Goldman, d'une part, l'œuvre apocalyptique de Cioran, mon idole absolue, d'autre part.

Tout le reste n'est que ruse.

J'explique.

En des temps pas si éloignés, mon meilleur ami, Michel Grach, alias Miche, alias Tintin, alias le pied-noir des hauts plateaux de Tiaret, bref, mon fou furieux préféré, étudiait la philo et les lettres à Nanterre pendant que moi, j'essayais de savoir jouer au tennis. J'habitais rue Erlanger, lui aussi. En face. Tous les matins, donc, petit déjeuner ensemble, on faisait le bilan de nos conneries au quotidien. J'avais *L'Équipe* sous le coude. Miche, lui, trimbalait toujours une cathédrale de bouquins avec lui. Moi, le sauvage de la savane, je me foutais de sa gueule.

Pour me mettre le nez dans mon caca, Miche, entre deux tartines, me balança des citations dans la tronche. Des drôles. Des-qui-m'excitaient. Des pour-me-faire-comprendre. Comprendre quoi ? Que l'intelligence littéraire n'est pas incompatible avec l'hilarité. Alors Miche, sachant qu'il avait affaire à un fainéant congénital, me colla d'abord dans les bras un Cioran : les *Syllogismes de l'amertume*. Rien que des phrases courtes, définitives, des aphorismes sur la notion de vide. Le vide, c'est ce qui me fascine le plus. Mon terrain, en quelque sorte.

Très vite, je me mis à jalouser ce Cioran pour la concision, la drôlerie, l'intelligence avec laquelle il me renvoyait à mes abîmes. Comme lui, je me sentais « errer dans la vie comme une pute dans un monde sans trottoir ». Devant les coups de cafard et la solitude, comme lui, je me sentais exagérer sur : « À quoi bon le suicide, quand il vous reste encore tellement de monde à décevoir ? » Phrase qui, au passage, m'a servi à dédramatiser mon malheur devant la presse à l'époque de mon départ pour les States. Enfin, devant les attitudes de certains fayots, devant les faux sourires, les fausses barbes, les fausses mains dans le dos, devant les compliments vérolés, c'est lui qui m'a refilé une phrase-miroir, une phrase de constat pour ne pas perdre définitivement les pédales. La voici : « Mêlée à notre physiologie, à nos viscères, la flatterie affecte nos glandes, s'associe à nos sécrétions et les stimule, vise, en outre, nos sentiments les plus ignobles, donc les plus profonds et les plus naturels, suscite en nous une euphorie de mauvais aloi, à laquelle nous assistons ahuris. » Bref, Cioran, ça cogne. Sur les autres et sur nous-même. Une bouée de sauvetage, en pleine tempête, pour nous rappeler, en fin de compte, que « rien n'a vraiment d'importance ».

L'opération Cioran ayant pleinement réussi sur le mur de pierre que j'étais, Miche tenta, sans succès cette fois, de renouveler le coup sur d'autres auteurs. Des qui-ne-faisaient-pas-dans-le-court.

Infatigable, Miche ne baissa pas les bras. Nanti d'une mission impossible, m'éduquer, il utilisa des trésors de perversion. Un vrai diable. Il se mit à tapisser les murs de son studio de trente-six bouts de papier. Sur chaque bout de papier, une déclaration fondamentale et fondamentalement à pisser de rire. Du Nietzsche dans sa salle de bains, du Roland Barthes dans ses chiottes, et tout à l'avenant. Sans savoir qui étaient ces mecs (de vous à moi, je ne le sais toujours pas, erreur de ma part, sûrement, de l'avouer), je me suis mis à prendre goût à la salle de bains, aux chiottes, à l'avenant de mon copain. Puis, timidement, à recopier certaines de ces sentences dans un petit cahier. Car, côté mémoire, en ce qui me concerne, j'ai besoin d'un boulier chinois pour me rappeler ma date de naissance.

Voilà.

C'est tout.

Ça ne va pas plus loin.

Donc, on est bien d'accord, chaque fois qu'une digression spectaculaire viendra étayer ce misérable journal de bord, ne faites pas : « Oh ! la vache ! Quel mec profond ! » Non, pitié, j'insiste, tout cela n'est que du flan.

Comme moi.

Au passage, connaissant plutôt bien ma nature de couleuvre et de ramier, incapable de fixer ses yeux plus de deux minutes sur une chose imprimée, vous noterez au passage, je l'espère, le souci avec lequel j'envisage qu'il y ait, sur cette bonne vieille planète Terre, d'autres couleuvres, d'autres ramiers, d'autres glands dans mon style. D'où paragraphes courts. D'où découpage au grand max. D'où tentative désespérée de ma part pour ne pas faire bâiller les rétines.

En quelque sorte, je suis une canaille...

Cela dit, j'ai une fixation sur les journaux. D'abord, parce que, dans la corporation où je sévis, on prend beaucoup l'avion. Or, dans un avion, que foutre sinon tourner des pages ?

À défaut d'avoir transpiré, en faculté, sur les mécanismes financiers, les casse-tête monétaires, les montants compensatoires ou les institutions des Droits de l'homme, phénomènes sur lesquels je ne touche pas une bille, un coup d'œil, en chute libre, sur les journaux, me donne la tendance, l'ambiance, le climat du pays où je mets les pieds. Pays, soit dit en passant, que l'on survole, trop souvent, du fin fond de sa chambre d'hôtel.

Exemple, un de plus.

Je fais le tournoi de Montréal. Dans le zinc New York-Montréal, ça défile au galop : quinze pour cent de chômedus, une grève de camionneurs, une tempête de neige, une engueulade entre les British d'Ottawa et les Frenchies de Québec, un festival de musique à Montréal, et tutti quanti. Bref, c'est bon de savoir où on est et qui sont les autres. C'est même ça qui motive à sortir de sa chambre d'hôtel pour aller vérifier ses impressions. Parce que, entre nous, rester enfermé dans le ghetto des joueurs, comme c'est la règle en cours, moi ça me donne envie de sucer le tuyau du gaz.

C'est sur mon petit cahier, une phrase de Céline : « Voyager, c'est pratique, ça fait travailler l'imagination. Tout le reste n'est que déception et fatigues. » Chine, Japon, Afrique du Sud, du Nord, Amériques, j'ai tout fait, plusieurs fois. C'est mon école, mon grenier à moi. Une école qui rend humble. Et qui laisse parfois un fort goût de cendre. Comme à Moscou. Je garde encore quelques visions tatouées dans mon crâne. La station de métro Pouchkine. Son putain d'escalier mécanique qui s'enfonce à cent mètres dans le sol, pour engloutir des milliers de gens blêmes, silencieux, fermés. Aïe ! Et ces grands magasins vides. Aïe ! Et ces mecs qui titubent, dans le froid, raides pétés à la vodka, pétés pour oublier les motifs qui font qu'ils se pètent. Aïe, encore ! Autant d'images qui vous font restituer le puzzle. Le puzzle du grand merdier. Comme en Afrique du Sud, le spectre des grillages, des Blacks parqués dans les gourbis, des chiens-loups qui ne demandent qu'à vous cavaler au cul !

Cela dit, le spectre du merdier, on l'a à sa porte.

New York.

J'habite Soho. Quartier d'artistes. Ça sonne chic. Pour y habiter, faut même le consentement de tous les locataires de votre immeuble ; faut également faire état d'un quelconque talent artistique. En janvier 84, je suis tombé raide amoureux d'un petit loft qui, auparavant, abritait une galerie de peinture. Le rêve. Un rêve, en fait, en sursis, car le jour où j'ai passé l'entretien (obligatoire) avec le proprio de l'immeuble, le discours s'est mis à dériver : « Bon, alors, vous évitez d'aller là, là et là. Dangereux. Telle rue, aussi, on s'y fait péter la gueule. Tel coin, passé tel bloc, trafic de schnouf, on évite aussi. Là, à partir de telle heure, vous n'y foutez pas les pieds : mortel. Là, jamais seul, vous m'entendez, jamais seul. À part ça, vous faites partie de la famille, welcome aboard, Yannick ! »

J'ai été un peu vite, là. Un dernier crochet sur les journaux.

Qu'est-ce que je lis, de préférence ?

Pim-Pam-Poum ?

Oui, *Pim-Pam-Poum*.

Et d'autres.

Dans une carlingue d'avion, comme à la maison, je fais le grand écart avec tous les journaux. Ça va de *Libé* au *Washington Post*. Avec une certaine attirance pour *Libé*. Pas seulement pour le fond, mais pour la forme. Pas fatigant à lire, des petits encadrés, bien reposant. Fainéant je suis, fainéant je demeure. Par ailleurs, à *Libé*, ils ont les meilleurs critiques de téloche au monde.

Vous me direz, ça me fait de belles dents, puisque, là où je suis, je ne capte plus rien !

Tiens, à propos de presse, j'ai envie de m'échauffer les muscles en abordant la question de la presse spécialisée. Histoire de me mettre en bouche. Le gros de l'artillerie viendra un peu plus tard.

Presse sportive, donc.

Quoi qu'on en dise, quelle que soit la langue, quel que soit le sport, on se heurte toujours aux mêmes impasses. C'est fascinant. Le sport est un domaine qui attire, qui exige, qui invente des questions mortes, connes, surréalistes.

Depuis cent ans, quand un cycliste se cogne trois cent cinquante bornes dans les mollets, à l'arrivée de l'étape, on lui demande toujours : « Alors, mon ami, qu'est-ce que ça vous fait d'avoir gagné ? » Évidemment, comme le mec est canné, rôti, cuit-dur, il ne peut sortir qu'une connerie. Donc, c'est fait, tous les cyclistes sont des cons.

L'image des tennismen est plus chic. On se demande bien pourquoi. Peut-être l'habit blanc, le mythe du médecin sans frontières. Car, entre nous, cyclistes et tennismen : même combat. Pourquoi ? Parce qu'il n'y a rien à dire sur toute forme de performance sportive. Rien. Le néant. Au mieux, on peut transmettre le relevé global de ses coups de pompes. Intéressant...

Si on me demande : « Et quand vous avez perdu le premier set, qu'est-ce que vous vous êtes dit ? », amis très chers, qu'est-ce que je peux bien répondre à ça ?

De deux choses l'une.

Soit je déconne, le genre je-suis-un-mec-drôle-et-pas-comme-les-autres. Et, là, mes abus déconnatoires, parfois, entraînent des jugements d'ordre moral à la mords-moi-le-nœud.

Soit j'en ai ras les miches de déconner. Et, là, je réponds au ras des pâquerettes, comme récemment. Ça donne ceci : « Eh bien, voyez-vous, je me suis dit : Si je perds le second, le match est fini, si je gagne le second, il y aura un troisième set. » Brillant, non ? Mais qu'est-ce que vous voulez qu'on invente ? Nada ! Sur un court, on a de la bouillie de chat dans la tête ! On ne fait que constater le désordre indescriptible, incommentable, qui nous anime. Et ce n'est pas parce que le match est fini que tout devient clair. Le chaos, ça se commente ?

Dans le genre fameux, également, je me régale des-ceux qui viennent interviewer ma mère : « Dites, quand avez-vous compris que votre fils serait un champion ? » Alors, là, chapeau... Qu'est-ce qu'elle pourrait bien inventer, ma petite maman ? Qu'elle s'est réveillée une nuit, en sueur, le 4 avril 1972, à 0 heure 24 minutes, les bras tremblants, la bave aux lèvres, hurlant : « Je le sens, je le sens, ça vient, mon rejeton, en ce moment même, est en train de se métamorphoser en champion, vite, vite, venez voir ! »

Au secours.

Évidemment, en écrivant cela, amis (néanmoins) journalistes, je colle ma propre tête sur le billot. J'entends déjà : « Dis donc, vieux, au début, on t'a aidé ! » Je le sais bien, mais de grâce, les gars, continuez. Je vous demande simplement de ne pas être sentencieux sur mes discours qui n'en valent pas la peine. Ce que je raconte n'a strictement aucun intérêt. Si ce n'est celui de faire marrer quelques égarés dans mon genre, qui se foutent pas mal de savoir qu'à « 4-2, premier set, sur mon service, j'avais le soleil dans l'œil ».

Il n'y a *rien* à dire, ça, c'est du bronze. Mais, visiblement, ce qui importe, c'est l'intention avec laquelle on confie ce rien-à-dire. D'ailleurs, tiens, on va se faire tout de suite une petite expérience. Comme pour les publicités comparatives. La même interview, la classique, la sempiternelle, la cent fois vue, la cent fois recommencée, la même, donc, sous deux angles différents.

Premier angle.

La version sérieuse, doctorale, inattaquable, appliquée, surveillée, bref, celle qui n'arrive pas à sortir de ma bouche.

Pour vous, pourtant :

« *Q* : Yannick Noah, votre première balle de service, aujourd'hui, passait mal ?

R : Eh bien, oui, je pense, elle ne passait pas très bien, c'est vrai, je pense. Je dois dire, en arrivant ici, j'ai été victime d'un petit refroidissement dans l'avion. Mon muscle dorsal, je pense, en a subi le contrecoup. Je pense que je pense que cela devrait passer, je l'espère, en tout cas.

Q : Dans quel état d'esprit êtes-vous entré sur le court contre X ?

R : Eh bien, il m'avait battu deux fois, je l'avais battu deux fois, nos probabilités, je pense, étaient sensiblement égales, mais je croyais, je pense, en mes chances.

Q : Vous êtes-vous accommodé facilement de cette surface ?

R : Eh bien, pendant les premiers jours, je pense, j'ai cherché mes marques, cette surface s'avérant plus glissante que la terre battue, mais rapidement, je pense, je veux dire, tout est rentré dans l'ordre. »

Commentaire : là, sûr, avec ce tissu d'insignifiances, je quitte le micro avec un profil papal, universitaire, quasi scientifique. « Merci, Yannick. C'était Yannick Noah, qui, en direct, vient d'analyser, pour nous, son match contre... »

Deuxième angle.

Le mien. Le désastreux. Enfin, celui vers lequel je tends sans forcer. Mais, exceptionnellement, là, je vais mettre le paquet.

En route, mauvaise troupe :

« *Q* : Yannick Noah, votre première balle de service, aujourd'hui, passait mal ?

R : Vous oseriez nous répéter ça, bien haut, bien fort ?

Q : Euh... Il nous a semblé que... euh... votre première balle de service, là, passait pas bien ?

R : Ah oui ! Mon pauvre ami... Je vais vous dire un truc : ces putains de balles, aujourd'hui, elles z-étaient pas réglementaires. Trop petites ! J'voyais rien, moi ! Faut vous dire que j'étais bourré comme un coing ! Comme tous les joueurs, c'est bien connu ! Vous aussi, là, m'avez pas l'air très net, hein, non ? Et puis y avait ce petit gros, là, au quatrième rang, tribune D, il me tapait sur la boule à bouffer son pop-corn à la con ! Pas moyen de se concentrer ! Aut' chose ?

Q : Euh...

R : Quoi ? Ça va pas ?

Q : Non, enfin si... Dans... Dans quel état d'esprit êtes-vous entré sur le court contre X ?

R : C'est simple. J'avais envie de lui crever les yeux, à cet enfoiré ! Une vraie tête à claque ! un mec qui gagne sept cents bâtons par an et qui gémit sur le court, avec sa gueule de grand triste, avec ses soupirs à porter le monde, je supporte pas, moi ! J'insiste : j'avais envie de lui casser ma raquette sur la tête. Et de le terminer à la tatane ! Vous me croyez pas ? Je le hais, je le *hais*, celui-là ! Depuis toujourrrrrrs !

Q : Et la surface... et la surface...

R : La surface, c'est de la merde. Un champ de labour. La prochaine fois, je viendrai avec mes semis. Au moins, j'aurai le plaisir de voir les balles se bloquer dans un rang de carottes. Et pas glisser, là, comme des flaques de bouse ! Bon, s'cusez, je fonce au vestiaire, parce que c'est la croix et la bannière pour avoir une douche. À l'heure qu'il est, ce fumier de X, là, est en train de me niquer toute l'eau chaude... »

Commentaire : « Yannick Noah, du talent sûrement, mais un mauvais exemple pour la jeunesse, etc. »

Commentaire sur le commentaire : à genoux, je vous supplie de croire que je n'ai rien à dire (voir ce livre), que ce n'est pas de ma faute si je débloque, c'est une question d'oxygène, de vie ou de mort, je ne peux pas me transformer en professeur, je suis un cancre, un cancre, un cancre, assezzzzzzzzzz !

Une pause.

Respirons un bon coup.

Voilà, ça va mieux. Ouf ! Faut dire que la situation n'a pas toujours été au beau fixe. Je repense à mon départ pour les States : ce fut Pearl Harbour. Par ma faute ? Oui, peut-être, sûrement. J'ai la maladresse facile : ça vient de mes nerfs en carton-pâte. J'ai le chic pour ruminer mes angoisses pendant trois mois. Puis, sur un détail annexe, j'implose.

Trois mois avant la débâcle, mon genou s'est mis à me faire des bras d'honneur. Bousillé à souhait. Jour après jour, ce genou devenait le rappel de mon impuissance. Pourtant, mon désir de jouer restait non seulement intact, mais, de plus, il gonflait comme un zeppelin. Ça devait péter, forcément.

Plus j'étais mal, plus j'avais envie de devenir un numéro un. Plus je boitais, moins j'avais envie de m'économiser. J'étais « à crocs » de tournois. Une boulimie de circuit. S'il y avait eu un circuit non-stop à Tombouctou, probable que mes fantasmes se seraient portés sur Tombouctou.

Pensée théâtrale : ce n'est pas parce qu'on veut devenir numéro un qu'on le devient. Mais la décision de vouloir, déjà, c'est un putain de grand pas.

Bref, moi, la gueule cassée, je rêvais de victoires au front. C'est vous dire si je flippais à mort. En silence. Tout seul. C'était un tournant. Mes frères de virée, mes potes de chaque jour, Didier et Alain Phitoussi, venaient de boucler leur expertise comptable. Et une partie de notre adolescence, par la même occasion. Didier et Alain à plein temps dans un cabinet fiscal, Miche sous les drapeaux, nos vies prenaient leurs distances. Je me retrouvais seul à piaffer. À déguster. Nos innocences, nos inconsciences communes s'en allaient. Et nous laissaient, aux uns et aux autres, un sentiment de vertige.

Devenir numéro un, oui, ce fut alors mon transfert, mon radeau de la Méduse, mon idée fixe. Une idée noire, car mon genou se foutait de moi. J'étais prêt à partir jouer aux States sur une seule jambe : Yannick Noah, le héron du tennis, pour vous servir. Jouer. Il n'y avait pas d'autre calcul. D'ailleurs, les calculs, ce n'est pas le style de ma boutique. Je n'en ai jamais fait, que ce soit pognon, image, avenir. Les calculs, c'est ce qui tue nos sportifs à nous. Nous, Français, sommes doués en tout. Peut-être plus que le restant de la planète. Mais notre problème, c'est qu'on est vieux très jeune. Nos joueurs, quel que soit le sport, à peine la tête hors du rang, commencent à compter leurs points de retraite. Réfléchissent à leur sortie. À leur devenir. La peur, sûrement. On est des mouilleurs. Or la compétition ne supporte aucune prévision, aucune limite, aucun spectre. Mettre un pied dans l'eau, puis reculer de trois mètres, parce que l'eau est froide, c'est un peu ce qui nous caractérise. Les Ricains, eux, sont radicalement différents. Ils prennent leur décision très tôt. C'est soit tout. Soit rien. Les deux formules sont parfaitement respectables. Je me souviens du frère de Gottfried. À l'époque, champion du monde cadet, deuxième junior mondial : un balaise. Pourtant, d'un coup d'un seul, il a mis le frein à main. Il a pesé les parts de sacrifice, d'effort, de manque à vivre. Et il a choisi. Une autre vie. Un peu de tennis pour son plaisir, mais, pour le reste, arrêt des courses. J'ai un respect sans bornes pour lui. Beaucoup moins pour ceux qui font semblant de jouer, semblant de s'en foutre pour sauver les apparences de leur renoncement moral, les fonctionnaires de la raquette, les truqueurs de l'effort, ceux qui continuent alors qu'ils ont tout de suite baissé les bras. Le fric, oui, d'accord, ils en prennent. Beaucoup, même. Mais il y a tout bêtement autre chose à prendre. C'est cette autre chose dont j'avais envie.

Derrière le rêve de numéro un, il y a surtout la notion de plus de numéro du tout. Plus de classement. Plus de hiérarchie. Donner le max de soi-même, chaque fois, c'est ça l'idée, point final. C'est typiquement l'esprit ricain. Perdre ou gagner, ce n'est pas le problème. Le problème, c'est offrir, et s'offrir, tout ce qu'on a. Au premier degré.

Trois mois, donc, à sentir cette réalité qui me grimpait le long du dos.

Et puis, un jour, le détail annexe. Celui qui fait tout péter. Celui, pourtant, qui n'a presque rien à voir avec la question.

En avant.

Un soir, je bouffais dans les Halles. En sortant de table, bonne surprise, on m'avait volé ma bagnole. Trois bornes à pied pour rentrer chez moi. Arrêté toutes les cinq secondes. Par des mecs sympas, qui ne pouvaient pas savoir à quel point ça me faisait chier de sourire. Je vous passe les détails. À la hauteur du pont de l'Alma, j'étais au bord du trou. Sourire quand on a envie de chialer, c'est facilement monstrueux.

C'est vrai que je me suis arrêté. Et que j'ai regardé la flotte noire. À cauchemardiser. Timidement, bien sûr, pour rire, comme on dit. Qui ne l'a pas fait. Ça requinque de pouvoir envisager, sans risque, le malheur. Mais ça ne prête pas davantage à conséquence. Même si j'ai eu la connerie, par la suite, d'évoquer cet épisode. À ce propos, les seuls, dans la presse, qui m'aient fait marrer, ce furent les types du *Nouvel Obs*, qui, pour annoncer le Masters, eurent la douceur de prendre tout cela, comme il se devait, à la rigolade : « Yannick Noah au Masters. Pourvu qu'il ne se balance pas dans l'Hudson River ! » C'est le seul ton que je supporte : le rire-vitriol, celui qui soulage et remet les pendules à l'heure.

Partir, donc, devenait une urgence. J'ai eu le malheur de confier cette urgence. Et c'est devenu l'affaire Dreyfus. « Yannick Noah en exil. » « Yannick Noah part fuir le fisc. » « Yannick Noah parano total. » Parano, oui, oui, peut-être, il y a de quoi, non ? Même si, par maladresse, je suis pour beaucoup dans la consolidation de cette parano. Bref, devant ce sac de nœuds qui m'affectait vraiment, je me suis dit : « Allez, convoquons tout le monde. Pour expliquer une chose si simple. » Le jour de ma conférence de presse, je suis arrivé sur le seul genou qui me restait. Je n'avais pas dormi depuis trois jours. Un zombi. Comme les soldats, en 14, dans les tranchées, avant de charger sur les mitrailleuses, je me suis voté une petite vodka-orange. Puis deux. Puis cinq. Je suis arrivé devant le micro complètement pinté. Plus la fatigue. Mal au cœur. « Et l'idole, crac ! » Les larmes me sont venues car les mots ne voulaient plus venir. Dire : « Je pars pour jouer », me semblait subitement une justification épuisante, que personne n'encaisserait. Je m'en suis rendu compte au dernier moment. Sous les vapeurs de ces foutues vodka-orange. Autant pour moi. Une chose, pourtant, est sûre : à la sortie de cet enfer, je me suis senti complètement exorcisé. Moralité : si vous avez mal aux dents de sagesse, réunissez le conseil de famille, et cuitez-vous copieusement.

Voilà, voilà.

C'était l'inévitable morceau de bravoure « fleur bleue ». Si vous êtes sage, tout à l'heure, on se refera une petite giclée sur Paris-New York. En attendant, jouez, tziganes !

« Qu'aimez-vous le plus dans la vie ? — L'argent », disait Chaplin.

Pognon, oseille, fraîche, flouze, fric, pèpètes. C'est l'heure : je vais vous parler d'argent.

Pour vous dire quoi ? Que je suis un dangereux personnage. La race de ceux qui ne savent même pas que ça existe. Une sale race, agaçante, ulcérante. Si je ne sais pas écrire, je sais encore moins compter. Ni administrer. Ni prévoir. Ni remplir un formulaire. Ni rien. Zéro pointé. L'idiot, le benêt congénital. De ceux qui balancent tout par les fenêtres en évitant — tout juste — de ne pas passer eux-mêmes par la fenêtre.

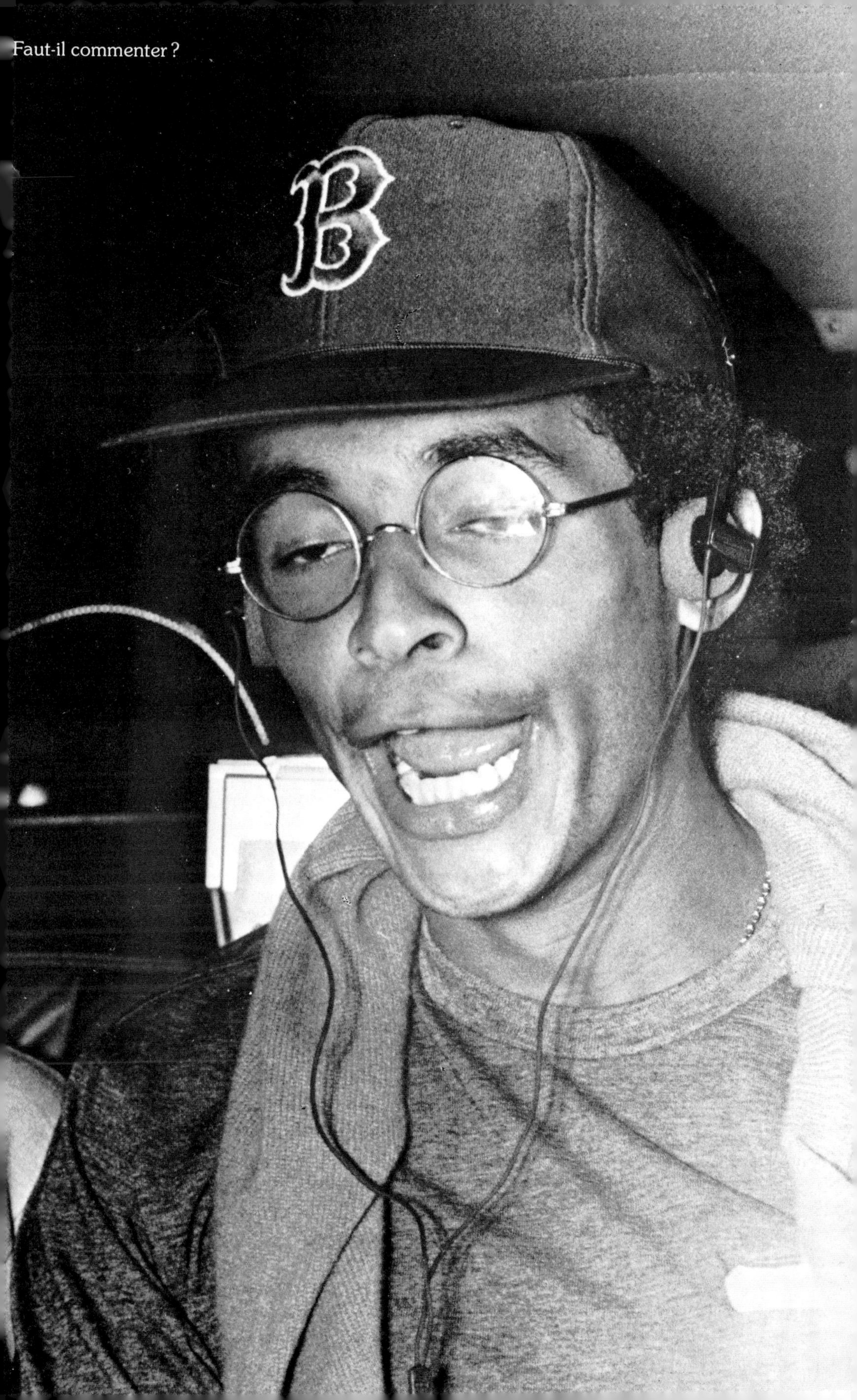

Faut-il commenter ?

2

Maman
et l'équipe
de basket
du Cameroun :
cherchez
l'erreur.

3

Papa
et
les boys
de Sedan :
idem.

Zac,
alias Papa.

4

5

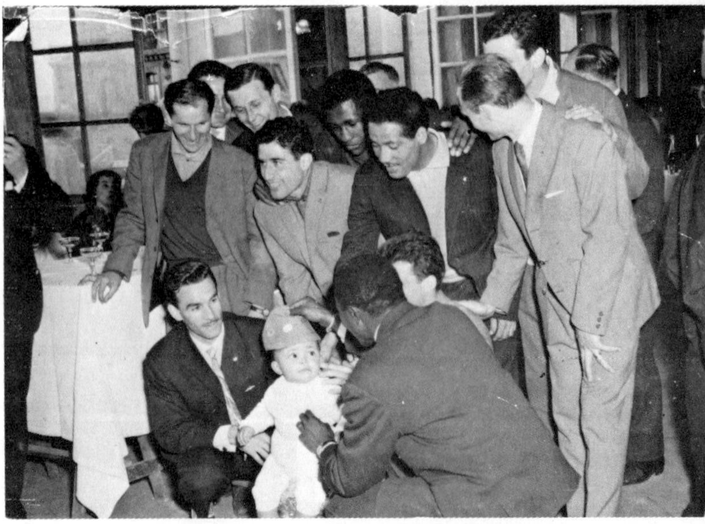

On me tripote sous un fumeux prétexte :
ils ont gagné la Coupe de France.

6

Moi, Tarzan.
Lui, pas vraiment Jane.

7

Avec Nathalie et Zaza.

Des cernes sous les yeux. Déjà...

La neige était blanche.

Au premier plan :
le rouleur.
Derrière : la mécanique.

11

Déjà cabot.

Nathalie, again.

12

OBSERVATIONS -3-

(Chaque case est destinée à recevoir les remarques complémentaires des professeurs qui le souhaiteraient).

Mathématiques : Semble avoir des aptitudes mais a été à peu près toujours absent.	Français : A montré d'excellentes aptitudes. Peut très bien réussir.
Technologie :	Latin :
Biologie :	Grec :
Dessin :	L.V.1 : Niveau moyen.
Education Musicale :	L.V.2 : Trop d'absences pour pouvoir porter un jugement.
Education Physique :	Histoire-Géographie : Trop souvent absent -
T.M. Educatifs :	Vie scolaire :

AUTRES ELEMENTS (psychologiques, médicaux, sociaux, familiaux ...)

Fournis par :

BILAN DU PROFESSEUR PRINCIPAL

Cet élève pourrait être brillant. Fait excellente impression à tous ses professeurs. Malheureusement les lacunes s'accumulent avec les longues absences

Le Professeur Principal,

A ______________, le ______________

Le Chef d'Etablissement,

13 Classe de seconde : désastre en vue.

On y arr

NNAY

15 Allons-enfants ! (de la marine).

16 La position du tireur couché.

17

Photo-montage !

18

Un vrai petit
homme d'intérieur.

« Noah, un écrivain-né. »

Maison de campagne à babord.

Seuls les grands malades dédicacent des pelouses.

Caisse achetée
en cinq minutes.

23

La presse qui récure
à fond de baignoire.

24

A la campagne. En pleine lecture.

Ping-pong et tauromachie. 26

ɪlques pages plus loin.

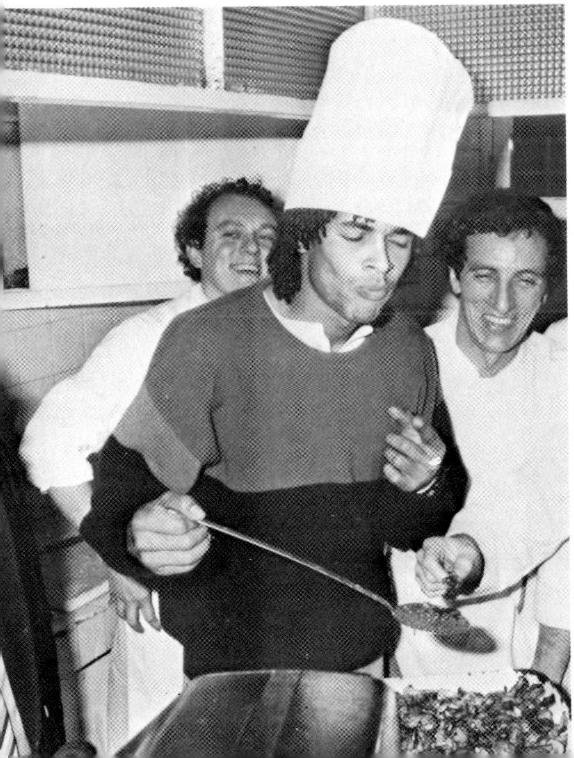

Toqué à souhait. 27

28 La campagne, en fait, ça me scie les nerfs.

Ni US. Ni pro. Ni championship. Un pied gauche de troisième série.

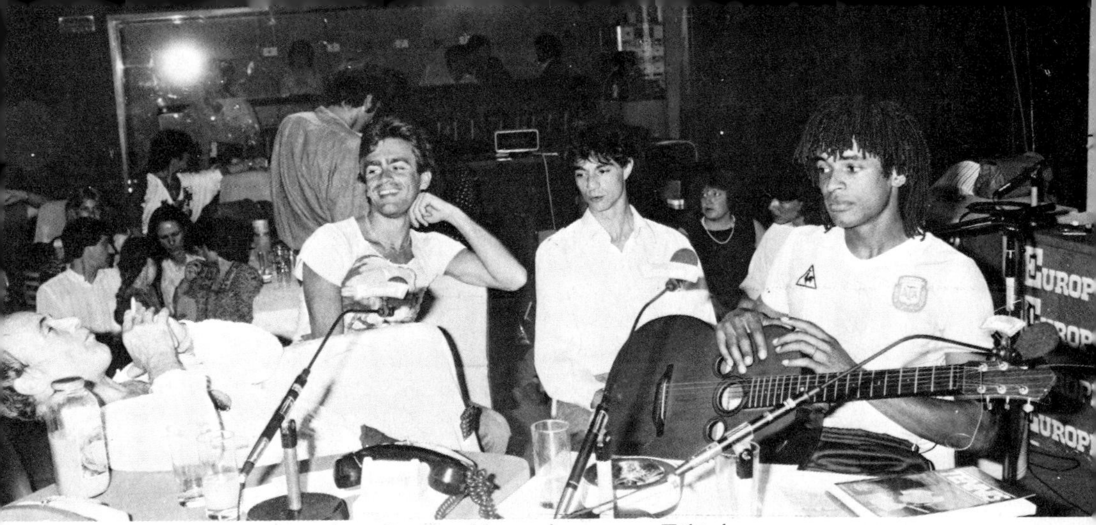

Avec les hard-boys du groupe Téléphone.

Avec Miche et Alain : complètement cuits !

Carmen et ses castagnettes.

Avec
Philippe Chatrier.
T'as de beaux yeux,
tu sais ?

33

Roger Vassel
les doigts da
les trous de n
Jean-Paul Lo
essaya
de me fourgu
une note de resta

Banana-split.

Ah, Arthur...

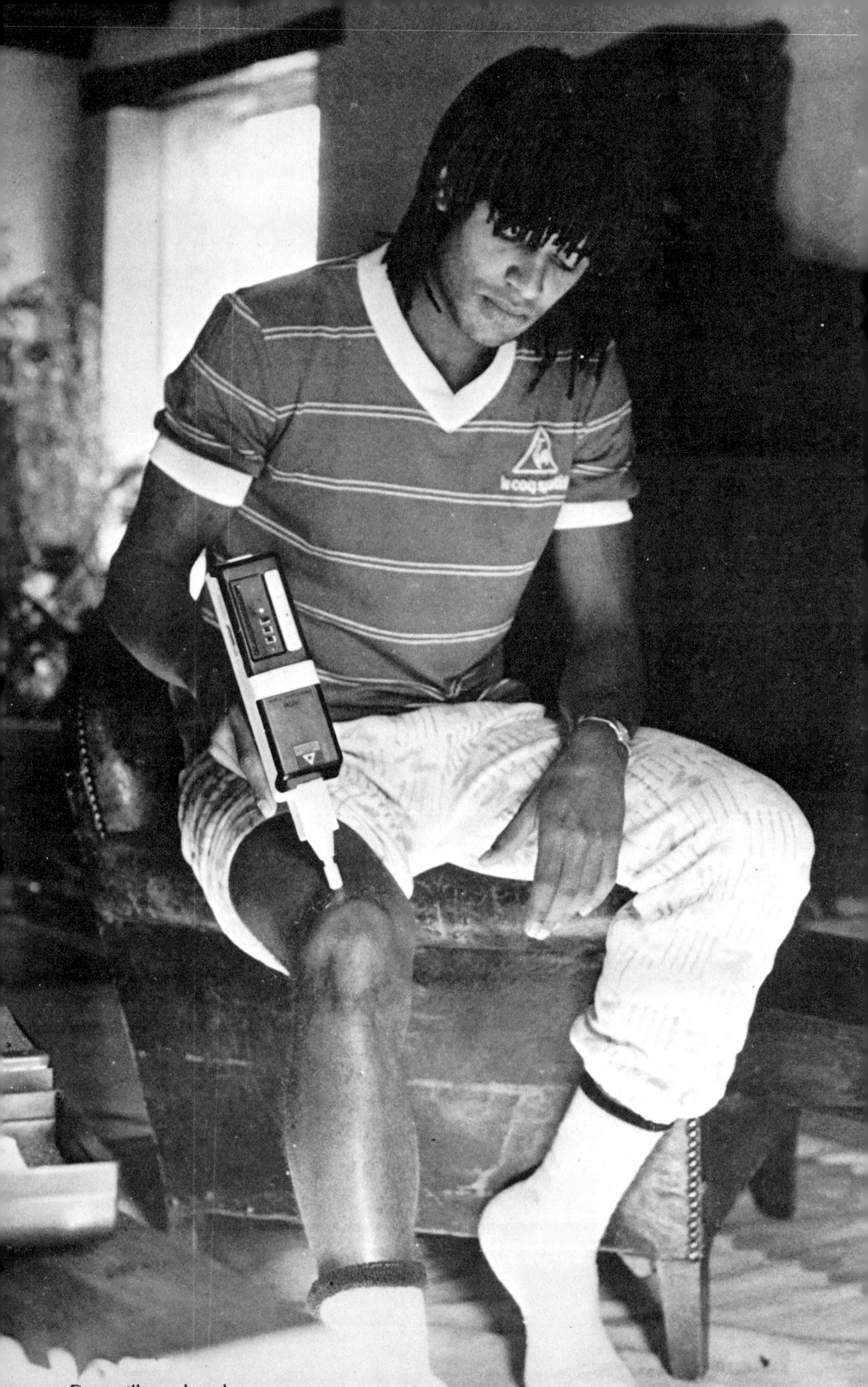

Des cailloux dans le genou.

38 Maman, papa, le rejeton,
tous en plastron.

C'est de l'eau plate.
39

40 Devine qui vient dîner ce soir...

41 Mes potes.

Roots...

Papa Tarra.

42

43

Yaoundé. Le videur du club. 44

Docteur Livingstone, I presume ?

Yannick : “Oui.” Cecilia : “Oui.” Le curé est d’accord.

Alain, Zac, Didier, Miche : family rock.

Musée Grévin : j'étais déjà ciré.

La preuve !

Le rameur de fond.

Inde. Coupe Davis 84. With my coach.

New York, New York !

Cherche la balle.

55
56

57

59

60

61

62

63

64

66

67

68

Calme-toi,
mon petit,
calme-toi...

Amen...

Je viens, récemment, de fêter mes cinq ans de collaboration avec Pierre Darmon, mon agent. Pierre me tutoie. Moi, je le vouvoie. Tout est dit. Il est mon médecin, mon avocat, mon bouclier, mon écharpe. C'est lui qui m'épargne, me protège, me soulage de toutes les choses simples qui se révèlent être pour moi des casse-tête meurtriers. Loyers, notes de gaz, Sécurité sociale, déclaration d'impôts, déclaration de guerre, contrats, etc. : autant de concepts, de mots qui, tels des cobras, me refilent la chair de poule. Je suis pire que nul : je suis paralysé par les contingences. Bon à rien, réfractaire, amnésique devant ces réalités.

Quand on se voit, tous les deux, je suis saisi d'une immense vague de détresse. Car je sais qu'immanquablement, Pierre ne peut quand même pas *tout* faire à ma place. De plus, il a ça dans le sang : ne jamais me mettre devant le fait accompli. Mais le respect que j'ai pour cet homme, qui fut un grand joueur, qui fut mon capitaine en coupe Davis, qui est bourré de chaleur et de délicatesse (ça suffit !), ce respect-là, donc, ne peut rien contre ma détresse cosmique. Merde, il vient sur moi... Et avec des questions précises... Il va falloir, une fois de plus, que je me débine avec des réponses floues... Entre nous, c'est presque un jeu. Je sais qu'il sait que je sais qu'il sait à quel point toute démarche me torture.

Néanmoins, à titre indicatif, la seule fois où Pierre m'a vraiment supplié de monter au front, ce fut en 81. J'avais un contrôle fiscal sur les épaules. L'inspectrice, une dame très consciencieuse, avait débarqué dans les bureaux avec toute une montagne de coupures de presse. Elle connaissait, jour par jour, mon emploi du temps depuis ma naissance, mes déplacements à l'étranger, mes déplacements aux pissotières, etc. De moi, elle connaissait tout. Ce bouquin, elle aurait pu l'écrire.

Après avoir épluché au quart de poil de cul mes revenus, mes dépenses, mes souches de billet d'avion, mes notes d'hôtel, mes club-sandwiches, mes prothèses et tout le toutim (le chiffre d'affaires, sur cinq ans, englobait allégrement quelques centaines de briques), la petite dame bien consciencieuse se prit la tête entre les mains. Quelque chose déconnait. Pour l'année 78, un solde mensuel revenait régulièrement. Suffisamment pour dérégler la belle machine. Solde en question : deux cent quatre-vingt un francs. Branle-bas de combat ! Avais-je touché une petit dessous-de-table de derrière les fagots ? Panique à bord. Toute l'équipe se replonge alors la tête dans les factures, les contrats, le bordel magnifique. C'était somptueux. Ces deux cent quatre-vingt un francs qui revenaient peinardement, tranquillement, pour foutre la merde, me comblaient de plaisir. Tout le monde était pâle. Les dents claquaient.

Au bout d'un moment, le débile (moi) fut pris d'un hoquet. Dans un silence épais, je lâche : « J'avoue ! » Hein, il avoue ? Qu'est-ce qu'il avoue ? Le débile : « Sans vouloir emmerder personne, je crois qu'il s'agit là de ma solde de troufion, à l'époque où j'étais sous les drapeaux de la marine. » Il y eut un soupir général. Qui fit du bruit. Puis un éclat de rire. Qui fit également beaucoup de bruit.

Depuis ce jour, je ne m'intéresse toujours à rien.

Mais je crâne.

Financièrement parlant, en fait, je suis une mauvaise affaire. Les exhibitions m'emmerdent. Il y a toute une série de tournois que je refuse de faire pour des raisons qui ont à voir avec les (piteux) souvenirs et la scoumoune : si ça vous intéresse, un coup de fil, et je vous communique la liste des villes où je ne foutrai jamais plus les pieds de ma vie. (Houston, par exemple, il en coulera avant que j'y retourne...) De plus, je passe mon temps à dire non à presque tout. Le problème, c'est que, même quand on dit non, certains enfoirés se passent éperdument de vos ressentiments. A ce stade, le nombre d'enfants (de bâtards, dirais-je) qui m'ont été faits dans le dos, reste hallucinant.

Un jour, c'est une bande de voyous qui sortent un disque (pardon : une merde) « à ma gloire » à la sortie de Roland-Garros. Le lendemain, une agence publicitaire se branle sur moi pour sa propre publicité. Le surlendemain, des margoulins balancent dans la nature des posters pourris. Je n'en ai pas l'air, comme ça, mais ça me rend fou. Alors, aux assises, tous ces négriers !

Il est vrai — aussi — que j'ai signé des contrats importants avec des produits, plutôt dignes, au sens où mon (immmmmmmense) ego n'est pas mis à vif. Ce qu'on oublie, ensuite, c'est le nombre de précautions qu'il faut prendre, au quotidien, pour ne pas semer l'apocalypse. Un exemple : j'ai un contrat avec Hitachi. Un jour, lors d'un tournoi, je m'effondre raide de fatigue sur la première chaise venue. Manque de bol, sous la chaise, il y avait un panneau publicitaire pour Sanyo. Le concurrent : si c'est pas de la guigne, ça. Et en avant les photos. Et en avant le bordel. Et en avant les procès.

Tout ça veut dire qu'avant de poser mon cul, désormais, je dois me munir d'une loupe. Intéressant, non ?

Dans le même ordre, j'ai un contrat avec Seven Up. Ça tombe bien : j'adore ça. Mais si, par malheur, je suis pris d'une violente envie d'eau de Vichy, dorénavant, mon eau de Vichy, il faudra que j'aille me la boire aux chiottes. C'est formidable.

Sur le bureau de Pierre, chaque jour que Dieu fait, arrive une armada de propositions. Des propositions en tout genre. Cela va de la fesse (« Ci-joint, ma photo — tél. : 633-73-70) aux extravagances les plus baroques :

« Vous avez mal au dos ? Je viens d'inventer un biorythme radiésthésique miracle. On fait cinquante-cinquante... »

« Le transport du cuivre à travers l'Afrique par péniche : c'est l'avenir, monsieur Noah, l'avenir... »

Je n'invente rien. Du porte-clés qui fait « papa-maman » à la perruque-tignasse rasta, j'ai droit à tout. On veut me sauver, on veut me faire boire de la bière, du sirop contre la toux, on veut me coiffer, on veut me tondre, m'habiller, me branler. Olé !

La plus belle de ces propositions, de loin sans contestation aucune, je vais vous la livrer. Je ne peux pas y résister. Vous allez l'avoir en bloc. Dans sa totalité. Car là, on est dans le sublime. A ce propos, je me suis demandé, pendant longtemps, si on ne se foutait pas de ma gueule. Ce qui, au demeurant, ne me dérange absolument pas. Mais, à y regarder de plus près, je n'en suis pas si sûr.

Donc, cette proposition, je vais vous la faire partager. En étouffant, faut pas pousser, le nom de l'envoyeur. Mais je vous en conjure : croyez-le fort, ce n'est pas un canular, rien n'est inventé. D'ailleurs, un truc pareil, c'est impossible à inventer. Je vous le dis : vous allez assister à un exploit. Un exploit qui résume assez bien les raisons pour lesquelles, un jour, je finirai chez les dingos.

Roulement de tambours.

J'envoie les guillemets !

Yannick Noah

13 SEP. 1983

Paris, le 12 Septembre 1983.

Monsieur Yannick NOAH. Personnelle.
C/of PROSERV.
26, rue Marbeuf,
75008. PARIS.

Concerne un projet U.S.A./ CAMEROUN.

Monsieur,

J'ai une idée à vous proposer conçernant le CAMEROUN qui, je crois, est votre patrie au même titre que la FRANCE.

Cette idée, j'en ai déjà personnellement parlé à Leopold SENGHOR et à Abdou DIOUF, au Sénégal, en 1980.

Mais mes affaires m'ont, alors, appelé ailleurs et je n'ai pas poursuivi, malgré deux lettres du Président DIOUF, m'exprimant son haut intérêt pour mon idée (lettres à votre disposition).

Voilà de quoi il s'agit et je pense que vous êtes dans une position remarquable pour défendre cette idée, obtenir du Cameroun l'exclusivité et les autorisations, puis en assurer le développement auprès de la population d'origine Africaine des Etats-Unis, ne serait-ce que par votre renom et les contacts que je vous suppose avec les milieux d'affaires noirs des U.S.A., ainsi que vos contacts avec les médias américains :

Vous avez certainement lu le livre d'Alex HALEY " Racines " et peut-être avez-vous vu la série télévisée qui a eu, voiçi quelques années, le même type de succès que " Dallas " ou " Dynastie ", dans le monde.

Il y a trente mille familles noires américaines qui viennent tous les ans au Senegal/Gambie, pour se replonger dans leur passé et retrouver, un instant, leurs " raçines ".

Qu'est-ce qui symbolise le mieux les raçines plantées solidement dans la terre africaine, que le BAOBAB, arbre symbole et arbre sacré ? Et arbre assez impressionnant, par ailleurs !

Vous savez sans doute que les artisans africains travaillent et gravent le bois mieux que personne au monde et 80% de ces artisans sont des ruraux. De son vivant, Anouar EL SADATE avait appréçié et fortement encouragé mon idée, comme pouvant aider les ruraux dont le temps inoccupé aux travaux de la terre se passe à faire de l'artisanat, considéré par eux comme un revenu supplémentaire indispensable.

Et permettant de fixer les familles (les jeunes, surtout) en milieu rural, au lieu d'émigrer dans les villes pour y devenir chômeurs, voire opposants politiques.

Il s'agit donc de proposer aux familles américaines d'origine africaine, d' " acheter " un beau BAOBAB avec le sol sous l'arbre délimité par la surface couverte par les branches de l'arbre, pour y faire graver par les artisans, leur arbre généalogique reconstitué le plus loin possible, pour la circonstance. Cet arbre deviendra un lieu de pèlerinage futur de génération en génération et celà présente donc un double intérêt pour le pays concerné (et je pense au vôtre) : vendre l'arbre, faire payer la gravure des noms et décorations appropriées d'une part et recevoir ces pèlerinages familiaux, donc " faire marcher le tourisme local ".

Si vous ne croyez pas à mon idée : oublions-là !

Si vous y croyez, voilà comment je vois les choses et je préçise içi que lors de mon voyage au CAMEROUN, j'ai rencontré les hautes autorités de l'artisanat et du tourisme à l'échelon des Ministres, mais n'en ai aucunement parlé alors :

1) Il faut que le gouvernement autorise l'opération et (nous ?) signe un contrat d'exclusivité pour la vente de BAOBABS à la clientèle considérée, pendant un temps donné (dix ans ?).

2) Il faut vendre le " produit " aux agences de voyages américaines spéçialisées dans la clientèle que nous considérons içi : c'est eux qui en feront la publiçité, y gagneront leur % et créeront de diffuseront les brochures adéquates.

Vous pourriez sans doute vous-même, en fonction de votre notoriété et vos rapports avec les médias américains, faire beaucoup pour " votre affaire Camerounaise " ! Je pense que la vente pourrait se faire à crédit, pour élargir la clientèle possible, mais nous en reparlerons si l'affaire vous intéresse : je connais très bien les Etats-Unis et y ai travaillé pour mes affaires !

3) Il y a un problème religieux qui se posait au Senegal et j'ignore s'il se pose au CAMEROUN : le BAOBAB est, au Senegal, un arbre sacré. On y insère entre l'écorçe et l'arbre, le morçeau de peau détaché lors de la circonçision des jeunes hommes. C'est un " plus " publiçitaire pour mon (notre ?) idée, mais il fallait, au Senegal, l'autorisation des Marabouts : est-ce le cas au CAMEROUN, je n'en sais rien, mais peut-être que vous, vous pouvez le savoir !

Voilà ! Il y a un marché possible de quelques milliers, voire de quelques dizaines de milliers d'arbres généalogiques à graver par an et, par la publiçité puis le " bouche à oreille familial ", celà ne peut aller qu'en se développant. Or, du point de vue " économique ", le BAOBAB ne sert pratiquement à rien (sauf une partie de l'écorce, et encore...) : quelle aubaine, donc, pour l'Etat, le tourisme, les artisans.....

A vous de juger quand vous en aurez le temps, en famille, de cette idée !

A vous lire, très respectueusement

P.S. : Je pense à un prix, gravure comprise, tournant autour de 2.000 U.S.Dollars par arbre, avec peut-être plusieurs prix, selon la taille de l'arbre.

Il me semble qu'un " arbre offert " à quelques personnalités noires américaines de premier plan comme Mr. Mohammed Ali, par exemple, pourrait " morçer " positivement l'affaire, je crois.

Je vous joins un article sur moi pour que vous sachiez qui je suis, en tant que professionnel de la publiçité.

Un document incommentable. C'est au-dessus de mes forces. Mais chapeau, quand même.

Que l'auteur de cette missive veuille me pardonner. Mais, qu'il comprenne. Cette lettre, j'en suis amoureux. Je l'ai relue deux mille fois. C'est un bijou. Une œuvre. Que dis-je, le chef-d'œuvre des chefs-d'œuvre.

Avis aux amateurs : si vous êtes fabricant de camisoles de force, appelez vite, je suis preneur, je marcherai avec dans la rue, je dormirai avec, c'est promis, c'est juré, ayez confiance, je suis prêt à aller très loin !

A titre d'anecdote, je me dois de préciser que la marque Noah ne s'est pas toujours bien vendue.

Allez, tiens, je vais vous balancer un dossier qui devrait faire rougir ma petite maman. Il y a de cela quinze ans, maman avait lu dans un journal que la société Six de Savoie cherchait des gros bébés pouvant figurer dans sa publicité. Question gros bébé, on était équipés : on avait sous la main Zaza, ma petite sœur. Elle avait des joues qui semblaient faire l'affaire. Alors on l'avait empifrée de fromage. Du Six de Savoie jusqu'à ras-la-gueule. Et puis maman avait sorti le Polaroïd. Et clic, et clac, et clic, et clac. Zaza sous toutes les coutures. Zaza inondée de fromage. Zaza bavant du fromage. Zaza crachant du fromage. Du Six de Savoie jusqu'au fond des trous de nez. Ensuite, on avait envoyé les Polaroïds. Confiants. Et on a attendu.

Un jour, en guise de réponse, on a reçu un porte-clés à l'effigie de Sylvie Vartan.

Ça existe encore, Six de Savoie ?

Bon. Maintenant, attention, ce qui va suivre est délicat. J'attaque un passage démago. Donc, tout dans le doigté.

Voilà. La seule chose qui me fasse remuer le postérieur, ce sont les demandes émanant d'enfants. Photos, petits mots, signatures. Que ce soient les relations épistolaires ou « en direct », c'est le seul cas d'école qui puisse m'arrêter. J'ai le syndrome Arthur Ashe tellement ancré dans les entrailles qu'il m'est — physiquement — impossible de refuser quoi que ce soit à un enfant. Son plaisir, ses grands yeux ronds, ce sont aussi, et surtout, les miens. Pouvoir faire rougir de joie un petit braillard est un malheur que je souhaite à tout le monde. Mais ces relations ne sont parfois pas toujours évidentes. Souvent, ce sont les parents qui envoient leurs enfants au casse-pipe : « Va lui demander ceci, va lui demander cela. » A l'iranienne. La technique Khomeyni. Le moutard qu'on envoie sur la mine. C'est plutôt gerbant.

Dans la série « Mes plus belles gênes », j'ai un souvenir terrifiant. J'habitais Paris, rue Erlanger. Un jour, le téléphone sonne. Une voix de petite fille. Adorable. Je ne sais comment elle avait eu mon numéro. Timidement, elle me dit bonjour. Elle ajoute que, demain, c'est son anniversaire. Et que, si je voulais bien lui souhaiter bon anniversaire au téléphone, ce serait son plus beau cadeau.

Moi, évidemment, le chevalier blanc, je lui demande son adresse. Le lendemain, dring ! Je déboule sur les chapeaux de roue pour l'embrasser. Et que vois-je ? Nom de Dieu ! Toute la famille, sapée sortie d'église, en rang d'oignon. Sur trois générations. La mine fermée. Militaire. Les Polaroïds prêts à claquer. D'ailleurs, ça n'attend pas : « Mettez-vous là, derrière le gâteau. » Hein, quoi ? La petite fille, terrorisée, se planquait sous la table.

Quand on officialise l'enfance derrière le protocole parental, ça étouffe tout. Moi, le premier.

Lettres, encore.

Il y a celles qui vous réclament inexorablement du blé. « Parce que ça va mal. » Oui, ça va mal, que faire ? Il y a une phrase dans le bouquin de chevet de mon pote Hervé Duthu (the french T.V. sports speaker), lequel bouquin est *Le Métier de vivre* de Cesare Pavese, bouquin en passant que je n'ai pas lu, car toujours en passant je ne lis pas grand-chose (on vous l'a déjà dit ; vous êtes bouché ou quoi ?) et même que je ne suis pas bien fier de moi. Bref, la phrase : « La charité, c'est une question de nerfs. » A bout portant, donc, dans la rue, je ne dis pas non. Mais, là, ce systématisme sous l'enveloppe, que dire, je ne suis pas le Fonds monétaire international.

En règle générale, toutes les lettres me touchent. Me font plaisir au sens fort du terme. Même celles qui m'insultent. Qui me disent : « Arrête de bouffer n'importe quoi. » « Soigne ta cheville, au lieu de sortir en boîte ! » « Couche-toi de bonne heure, connard ! » « T'es vraiment coiffé comme une gueule de raie ! » « Fumier, tu quittes la France, hein, après tout ce qu'on a fait pour toi, salaud, va ! » Et puis ceux qui m'envoient des messages sur cassette. Des plantes pour me soigner. Des images pieuses. Des objets porte-bonheur. Ou encore mon signe astral. Avec mon avenir. Ça me touche, car toutes ces manifestations, douces ou acides, piquantes ou piquées, relèvent d'un climat d'enfance qui me fascine. Et que j'adore.

On pourrait croire que l'impact de tous ces envois, c'est la tête du joueur qui enfle. Comme une pastèque. Moi, c'est l'inverse. Si j'enfle, ma seule chance de ne pas imploser, c'est d'ouvrir des lettres. Ces lettres.

Avoir la tête comme une pastèque. Avoir le cigare. Se prendre pour le roi.

Faut pas déconner. Ce n'est pas parce qu'on sait renvoyer la balle deux fois de suite au-dessus d'un filet, qu'il faut se prendre pour un pharaon. Et balader, comme c'est souvent le cas, sur les courts et hors des courts, une gueule lugubre, hautaine, une morgue de péteux.

La morgue du péteux, je connais. J'ai donné. Et encore, à un certain degré seulement. Heureusement, la réalité s'est dépêchée de me ramener, par la peau du cul, à des normes humaines : celles du ridicule.

Un exemple. (Chaque fois que je vous dis : « un exemple », j'ai l'impression d'avoir un tableau noir, une règle, une blouse grise : je vais mal, là, non ?) Un exemple, quand même : il y a trois ans, le gouvernement sénégalais me demande de venir bénir le tennis du même pays, de poser comme symbole du talent des continents colorés, de prendre la raquette pour glorifier le tennis africain. La grosse tête, oui, j'avais. *Un genre de.* Tout en affichant, by the way, hauteur et fausse simplicité. Triple couillon que j'étais. Car, dans l'avion, figurez-vous qu'une curieuse envie d'uriner s'est emparée de moi. Toilettes, donc. Aux toilettes, je me suis mis à pisser des lames de rasoir. Verdict : blennorragie. Une vraie. Une bonne. Trois jours plus tôt, quel exploit, une jeune fille m'avait accordé ses faveurs (formule en cours au XVIIIe siècle). Accroché à la chasse, j'étais. Moi, le grand joueur, la grande gueule, le mec qui symbolise le talent de mes fesses ou je ne sais quoi, bref, le grand con que j'étais, à genoux, dans les chiottes de l'avion, à pleurer tellement j'avais mal.

A la sortie de l'avion, le tapis rouge. Puis les majorettes. Puis la garde nationale. Puis les ministres. J'ai remballé ma mégalomanie. Et je me suis agrippé au bras du premier venu. C'était le ministre des Sports. Moi : « Pitié, monsieur, un docteur... » Ça tombait pile : il l'était.

Bénies soient donc les blennos. Car c'est le genre

d'aventure qui vous remet les yeux à la place des yeux.

C'était ma rubrique : « Restons simple sur terre. Plus tard, Dieu reconnaîtra les chiens. »

La vie, ce cinéma...

D'ordinaire, je me vois sur l'écran des télés en petits carrés qui tourbillonnent. Ça fait un drôle d'effet. Des « incrustations », ils appellent ça, les mécanos de l'électronique. Etre incrusté, tu parles d'un destin. Je rentre chez moi et qui est-ce que je vois ? Yannick incrusté qui pivote sur un petit air de Jean-Michel Jarre ou je ne sais quel foireux du flonfon télévisé. C'est pas évident.

Bien sûr, le tennis est un spectacle, je le sais, et ça peut rapporter gros. Mais attention : pas seulement à moi. Il y a des tas de requins qui me suivent à la trace, qui me pompent la sueur et c'est normal. Après tout, il y a beaucoup de gens qui ne savent vraiment rien faire par eux-mêmes, qui ne sont pas des poètes, ni des écrivains, ni des boxeurs, ni rien, mais qui savent ce que tous les autres — ceux qui en prennent plein la gueule au nom de l'art, de je ne sais quelle cause — sont incapables de faire : organiser une vie, la vie comme une tournée, comme un tournoi. Il ne faut pas se le cacher : on a besoin des parasites. Le mot parasite n'est en rien péjoratif. C'est presque une loi de la nature. Certains animaux ont besoin de certains parasites pour chasser de vraies nuisances. C'est le prix de leur équilibre. Et puis, merde, inutile de jouer les beaux violonistes, les purs. Tout le monde sait qu'il y a, derrière la queue-de-pie, un obscur, un groom, qui ouvre les portes et encaisse l'argent. Il y a toujours, derrière les images, une réalité moins belle, mais nécessaire.

D'où la vie que je mène. Incrusté de partout. A l'image des images que me renvoie la télé.

Le cinéma, cette vie rêvée...

Je rêve de toutes les filles que je vois au cinéma. Le mariage n'a rien à voir là-dedans. Le cinéma a été inventé pour ça. Pour que les types dans mon genre rêvent comme des malades devant un écran de tissu ou de plastique, sans rien derrière. Peu importe, pendant le film, tu prends la fille, la blonde ou la brune, et tu te mets à tripper sur la créature. Elles sont là, comme des Boeing, direction le pied, le ciel, la piscine. J'ai déjà insisté là-dessus, j'insiste et j'insisterai encore : j'aime les belles filles, avec ce qu'il faut. Surtout du caractère. L'homme est un légume, c'est d'accord. Un légume érectile, mais pensant. Quand j'en vois une belle et qui a du caractère, une Romy Schneider, une Deneuve, une Adjani, je me dis, oh la la, celle-là j'aimerais bien la connaître un coup. Mais vraiment la connaître, savoir qui elle est, ce qu'elle aime, quelle musique elle écoute, ce qu'elle aime faire dans tous les domaines. Parce que, de toute façon, elles sont comme moi, elles ont peut-être des tas de cases vides, mais il y en a au moins une où elles sont obligées d'être number one. (Eh ben voilà : j'ai définitivement mis au vestiaire ma modestie !) Sans quoi on n'en parlerait même pas.

C'est comme le rock.

Le rock, autant dire que je n'y connais rien. Je ne suis pas un spécialiste du rock et, à vrai dire, ça m'arrange. Un spécialiste du rock, c'est forcément un type qui n'a rien eu d'autre à foutre pendant des années que d'écouter des tonnes de disques et de concerts, d'aller faire suer un tas de rockers à la fin du match pour constater que la plupart d'entre eux sont des péquenots, comme les toréadors. Et le rock-critique rentre à son mensuel ou à son quotidien, tout content, en déclarant : « Eh ! les gars, vous savez, Mick est un con, Bob est déglingué et David est une tante ! » Et de s'enfiler son petit rail, tranquillos, payé par la direction pour avoir du talent et de la verve. Entre nous, il n'y a pas de quoi s'en vanter, d'un boulot pareil. Et ils sont tous à pinailler que telle interprétation de « Let's spend the night together » est meilleure par Serge Lama que par Dario Moreno, comme si les piétons comme nous en avaient quoi que ce soit à foutre. Les spécialistes, ils sont toujours malades de tout ce dont ils ne sont pas spécialistes. (Voir la rubrique « Tennis ».) Ça laisse de la marge. Est-ce que je me mêle de hockey sur glace, moi ? Enfin... Le rock, si j'aime ça, c'est parce que je suis juste un amateur. Et j'affirme, sur la tête des saints évangiles, que toute photo de moi avec une guitare relève du bidon le plus absolu. Je ne sais pas jouer. De rien.

Greffier : notez !

Etre chanteur.

Seul sur une scène avec des millions de pékins qui te regardent. Qui se mettent à hurler dès que tu apparais dans ton jean bien moulant du cul, ton tee-shirt violet, ta guitare en plastique rose ou argent. Des gens qui se mettent à transpirer alors que tu n'as pas encore chaud. Des filles qui sont déjà à moitié fondues dès que les roadies débarrassent le plancher, juste avant le lâcher des ballons dans le ciel de Californie. Et toi qui arrives dans un éclair de spot, lumineux, royal, un Martien vêtu de satin. Etre chanteur. Tu te roules par terre et tu entames le vieux tube, celui qui les a tous fait imploser dix ans auparavant, un truc comme « Under my thumb » par exemple. A ce moment-là, t'as beau être le roi des connards, tu n'en es pas moins le roi de la planète tout court. Tu fais péter les pace-makers... D'où, entre nous, la supériorité des rockers sur les tennismen. Mick Jagger, même à cinquante ans, avec un bon coup de vitamine C, il pourra leur balancer « Satisfaction » à ses fidèles. Lesquels, sous leur Damart, enchaîneront tous en chœur « I can't get no ! ». Mais moi, le clown, je ne pourrai pas reprendre indéfiniment le tie-break de telle année où j'ai collé telle branlée à tel gugusse. Même si le gugusse était d'accord pour jouer avec moi à perpète. Moi, mon show, ça ne se répète pas. Au tennis, il n'y a pas de play-back. The same player shoots again, mais pas longtemps. Enfin, c'est déjà pas si mal. Je pense sincèrement ne pas être en manque de foule et d'hystérie. Dans mon petit domaine, j'ai suffisamment mon compte. En revanche, j'ai le nez dedans, je crois que ceux qui jalousent ce « syndrome du rocker » ce sont les écrivains. Les mecs sont *seuls* devant leur bloc de papier, pas de hurlement, pas d'évanouissement. Une vocation d'introverti... Manque de bol, j'ai l'impression que le gros du peloton des écrivains est extraverti. A ceux-là, un conseil : faites comme moi, inversez les genres, mettez-vous au tennis, Ça vous dégagera les bronches. Et puis, franchement, pas de vergogne, vous ne pourrez pas jouer plus mal que j'écris.

Donc, le rock, en résumé, ça me colle quand même le barreau. Je dis « barreau », mais c'est un peu cour d'assises comme image. Disons le bâton ou la gaule. Ça me fait sauter les plombs et le compteur avec ! Je vous dois la vérité : je me suis essayé, une ou deux fois, avec Hervé Cristiani, un (ami) chanteur, à chanter. Pas vraiment du rock, des ballades. C'était nul, sans plus. Pas la peine de forcer son talent là où on est juste minable. J'aime mieux être dans la foule avec les autres. Comme les autres. Etre un type dans le public pour une fois. Et gueuler un coup pour que le mec en piste se déchaîne et m'en donne pour mon fric. Franchement, qu'est-ce que c'est bon d'appartenir à la masse des braillards innocents.

Rapport à mes rapports avec la guitare, je ne vous ai pas tout dit. C'est pire que tout. J'ai eu honte, tout à l'heure, d'avouer. D'avouer que je suis un vrai manche. D'avouer que j'ai tenté. Ça fait quatre ans que je suis sur six accords. Monstrueux. Six accords... Et au moins cinq qui vont dans le filet.

Cette guitare, je vais la casser un de ces quatre. Sa présence est une insulte à la musique. T'entends, MacEnroe, ce que je dis ? Laisse tomber ton grattouillage, on n'est pas fait pour ça !

D'ailleurs, quand on me dit 77 ou 79, je ne me dis pas, ah oui, c'est là que j'ai gagné ça et ça. Non. Je pense plutôt à une musique. 77 ou 79, c'était un air de Bob Marley, un Stevie Wonder, un Bob Seger... Mon premier disque « sérieux », c'est papa qui me l'a acheté : un album de Jimmy Hendrix. Papa ne comprenait pas bien ce genre de chose, il était plutôt jazz, mais il avait le feeling. Il a senti quelque chose et il m'a balancé comme ça « Voodoo Child ! » Aussi bien que *Le Petit Prince,* non ? Dessine-moi une guitare, défonce-moi un mouton... Hendrix, c'était quelque chose à défricher la brousse ! J'ai rêvé de lui, opérant le coït avec sa guitare sur scène, l'arrosant d'essence et lui foutant le feu ! Et si je me mettais à sauter ma raquette sur la terre battue, hein ? Ça le ferait marrer, l'arbitre ? Peut-être même qu'on m'enverrait à Sainte-Anne au lieu de me filer mon chèque. Je suis un artiste chaste, un ascète en blanc, un monsieur propre. On ne pète pas sur un court, ça déconcentre. Et on doit faire pipi dans le bocal après. Même si on a perdu. Pourquoi est-ce que David Bowie ne fait jamais pipi dans le bocal après avoir bien seringué « China Girl » ?

Ben oui, je vous le demande.

Après, papa m'a acheté James Brown, encore un nègre. Un furieux, celui-là. Le seul mec que j'aie toujours adoré. Génial. Tout ce qui nous fait bander aujourd'hui quand on voit Michael Jackson se trémousser dans son clip, c'est James Brown qui l'a inventé. La classe, même s'il s'est un peu pris les pieds, sur le tard, dans la sex machine et tous ces paquets de gomina dégoulinante. Ensuite, j'ai rencontré les Stones. A partir de là, ma vie, ma carrière ont changé. Ils m'ont balancé dans le rock comme une frite vierge dans l'huile bouillante (amis belges, bonjour). Et je n'ai pas fini de rôtir avec ces cinq-là. Il y a eu aussi les Doors, avec ce grand beau mec de Jim Morrisson, un qui est mort à la française : au vin rouge et au Père-Lachaise. En 79, Diana Ross déboule dans ma vie. Enfin, je m'entends. Elle avait déjà déboulé chez pas mal de gens, mais pour moi c'était du neuf. La sainte Thérèse d'Avila du vinyle. Après quoi, presque rien, ou alors tout. J'aime tout, maintenant, Joe Jackson, Lionel Ritchie, Michael Jackson et tutti quanti. Sauf Peter Tosh. Un enculé qui n'a jamais voulu reconnaître que Marley était le plus grand. Désolé, Peter, de te dire ça à sec, mais tant pis : de la part de Bob, va te faire mettre.

Al Jarreau, le feeling. La plus grande feignasse qui ait jamais poussé son cri devant un micro. Et, résultat, c'est sublime. S'il faisait ça sur un court, ce serait imparable. (Nastase, en son temps...) On ne peut pas renvoyer la balle à un type qui serait un mélange de Rudolf Noureev et de Charlie Parker filmé au ralenti. Et sans raquette, le champion Jarreau. C'est un adversaire sans arme. Alors on ne jouerait pas contre lui, mais avec. Je rêve de trouver mon Al Jarreau pour partenaire de double.

Un qui ne jouera plus avec personne, c'est Jacques Brel. Quel que soit notre passeport, il faut ôter son chapeau devant ce saint des saints. Ce géant parmi les insectes. Je vais dire des conneries mais je ne suis plus à ça près. Quand Brel a tiré un trait sur la scène, en 67, à l'Olympia, je n'étais pas né. Quinze ans plus tard, j'ai visionné la cassette vidéo de ce chef-d'œuvre. Il était là, ruisselant, foudroyé, tremblant sur les dernières notes d'« Amsterdam ». Devant deux mille personnes, debout, en état d'extase. Une chaleur devait le parcourir de fond en comble, quelque chose qui devait ressembler à du plaisir. Et pourtant, sur le visage, il semblait hurler sa solitude apocalyptique.

Autre flash-back : dans la seconde qui a suivi ma balle de match en finale de Roland-Garros, sans vous jouer un mélo, j'ai eu l'impression de partager ses sentiments, la chaleur, le plaisir, la cécité, la panique, la noyade. Entre nous deux, ça s'arrête là. Lui, il avait du génie, il tapait sur les cons, il avait juré de ne jamais remettre les pieds sur une scène et il a tenu parole (tennismen, prenons-en de la graine). Il est mort gangrené par une saloperie de cancer. Seul. Intouché. Intouchable. Plus droit que cet homme, pas un.

Rock, encore.

Le questionnaire de Proust : Monsieur Noah, ce serait quoi le comble du bonheur ? Merde. Je ne sais pas, moi. Le comble du bonheur, ce serait de chier avec l'équipe, par exemple. Le dernier degré d'intimité, c'est-à-dire le premier, pour souder un esprit d'équipe.

Quoi, j'ai parlé de caca ? Encore ? Ça doit vouloir dire beaucoup de choses, mais, permettez, je m'en lave les mains. Et puis il n'y a pas de honte. Champion, pas champion, présentez-moi un homme qui ne fait pas caca. C'est un tricheur ou alors il n'a rien bouffé depuis trois mois. Mon idole, dans le genre, c'est Elvis Presley. Rayon caca, c'est lui le patron. Le Balzac, le Proust de la chose. A la fin de sa vie, il ne parlait plus que de ça, de pipi et de caca. Et un petit suppo par-ci, et un petit laxatif par-là, et que je te passe des heures enfermé dans les chiottes à rêver d'un monde meilleur. C'est là qu'il est mort, dans les gogues. Il n'y avait plus que là qu'on lui foutait la paix, aux gogues. Ailleurs, c'était l'hystérie, les filles partout : et signe-moi ceci et donne-moi un bisou et pète-moi le cul et joue-moi « Love me tender ». Alors Elvis il a saturé comme un ampli. Il s'est fait un grand « larsen » entre les oreilles et il s'est effondré sur la moquette rose et mauve des chiottes de sa maison rose et verte, dans ce bled insensé où il avait planté son palais du facteur Cheval. Entre un piano mécanique et un boudoir de pute Belle Epoque. Peaux de panthère et lustres à breloques. Avec des gardes du corps buveurs de sang et pompeurs d'oseille derrière chaque rouleau de papier peint. La nausée. Vingt-cinq pièces remplies de disques d'or, de photos de maman et de petites filles en socquettes et sans culotte.

Dans un pareil contexte, que fait un homme, même un déjeté complet en costume d'opérette et Ray-Ban à injection, même un mafioso de la chanson « tchi-tchi » pour les pouffiasses de Las Vegas ? Réponse : il s'enferme dans les chiottes, il pense à son âme, il se regarde les ongles, la queue, il contemple le rouleau de pécu imprimé avec la gueule de l'Oncle Sam et il décide tout d'un coup de se chier tout entier dans l'autre monde. Oui, et ce n'était nullement minable. C'était un « tube » sans retour. Comme si moi je balançais un lob fabuleux et que je file sur la balle, à cheval, en vous laissant tous en bas avec juste ma raquette pour pleurer. Peut-être que je vais le faire, tiens.

Ça y est : je deviens fou.

C'était ma rubrique : « On naît tous pareils — mais, après, pour certains, ça se complique ! »

Paris, New York, again. Je suis allé vivre à New York. Parce que j'aime bien New York, d'une part, et surtout parce qu'il fallait que je quitte Paris un bout de temps. Paris est une ville dangereuse. Pas New York.

Qu'est-ce qu'on risque à New York ? Au pire une rafale de mitraillette, une giclée de vitriol, quelques couteaux dans le dos ? Une demi-tonne de ciment armé, pointure 46, pour filer dans l'Hudson ? Un vol plané cinquante-sixième étage, le bitume sans escale ? Mais c'est la vie de bohème ça ! C'est magnifique, c'est quasiment pépère ! Tandis que Paris... Il y a bien des petites violences parfois, dans le XVIe, des anciens d'on ne sait plus quel camp se font aligner par d'autres, du camp d'en face, on ne sait plus, mais le problème n'est pas là. Ce n'est pas physique, le danger à Paris, sauf avec toutes ces merdes de chien que même les Martiens de Chirac ne peuvent pas pomper. Non, à Paris, c'est les mots qui te font la peau. Les blablas. Les papotages. Les « amis ».

Plus ça va mal (je décompose, comme au lycée, pour les élèves qui suivent pas bien, mettez donc un grand 1 dans la marge), plus ça va mal donc, plus les gens te disent que tu vas très bien. Ce qui est gonflant, non ? Parce que, si je ne vais pas bien, que je n'ai pas le moral, je n'apprécie pas vraiment qu'on vienne me dire, mon cher Yannick tu as l'air superbe et tout, avec un sale sourire en dedans. La mauvaise mine ça se voit même sur la peau d'un nègre, bon sang, faut pas être Platon ou Johnny Hallyday pour voir ça.

Deux (les mêmes peuvent mettre un grand 2) : plus ça va bien et plus on te casse les couilles : « Ben alors, qu'est-ce que t'as ? T'es malade ? On ne te voit plus... » C'est agréable, ça, vous êtes comme un fou à courir partout, les filles, les boîtes, n'importe quelles soirées, vous vous faites tellement de souci pour être bien poli avec tout le monde, pas star pour un rond et qu'est-ce que vous entendez : on ne te voit plus. Attendez que je me tire de là et vous allez drôlement me voir. C'était le plus con dans mon plan américain. Je me casse et voilà que je leur crève les yeux. Que faire ?

Trois : les crétins. Haute densité, haute tension. Prenez des notes. Les faux intimes, les bidons qui te balancent des compliments tellement ratés que tu sais plus si ce n'est pas des vraies saloperies. Du genre « Oh ! Yannick, tu sais pas ce que ça nous a fait quand tu as battu l'autre, la semaine dernière ! » Ah bon ? « Ce n'était pas la semaine dernière, c'était il y a trois mois. — Mais oui, que je suis con ! Il y a trois mois et c'était vraiment fabuleux, ce que tu as fait... » Mais je préfère me tirer avant de m'apercevoir qu'ils me prennent pour Platini, Acariès ou Enrico Macias.

Quatre : les pompeurs (euses). « J'aimerais tellement te connaître, Yannick, te connaître vraiment, parler avec toi... » Et moi, bonne poire : « Ah ouais ? — Oui, figure-toi que j'ai un copain qui veut monter une boutique, tu sais, alors je ne sais pas si ça t'intéresse mais ce serait super. Je te jure, super. Ils font des trucs vachement bien maintenant, des mouchoirs, oui des mouchoirs couleur terre battue avec un ourlet blanc, façon Roland-Garros. Et un filet au milieu pour éviter que ça coule du mouchoir. Super, non ? » Moi je demande comment ça se replie dans la poche un mouchoir rectangulaire de la taille d'un court de tennis. « Et alors ? », je dis, pour gagner du temps. « Alors, mon copain, il veut s'associer avec toi, c'est-à-dire sur une base saine, du cinquante/cinquante : tu files tout le fric, il sort tous les mouchoirs. Super, non ? Ça t'intéresse ? » Alors là, comme je sens que je vais pas tarder à comprendre des choses qui m'emmerdent, je donne le numéro de téléphone de mon agent. « Dis-leur d'appeler là, de ma part. — Ah ouais, mais non. Je veux dire, mon copain, il faisait ça en amis. C'est pas une question de fric, Yann, c'est l'idée, tu comprends. L'idée. » Et j'en ai jamais vu qui se mouchaient dans une idée sans en avoir plein les manches.

Cinq : j'ai peur des boîtes. A Paris, les boîtes me terrifient. J'entre. Une fille me fait de l'œil. Je me dis c'est bon, Yannick, tu vas pouvoir promener Mirza, ou quelque chose d'approchant, plus distingué si vous voulez. Et elle : « Oh ! salut, Yannick, tu m'offres un pot ? — Ouais. » Et les voilà les tickets qui partent en liasses, derrière le bar, tu sens le poids moral des soucoupes qui s'empilent dans ton crâne et tu vois la plante en face de toi qui arrondit sa jolie bouche autour d'une paille et te suce quinze sacs, t'as rien senti. Systématique, les vampires. Et ça te rend nerveux, tu te retournes, tu vois que tout le monde est nerveux autour de toi, tous les mecs sont speed et, si tu es cave, ils se disent que tu te fous de leur gueule, que tu veux draguer leur gonzesse, alors que toi, tu es juste à penser que tout ça fait vraiment trop de bruit. Qu'est-ce qu'il y a de plus totalement, radicalement casse-couilles qu'une boîte à Paris ? On y va pour montrer que ça va bien, qu'on est O.K. Déjà, un mauvais point : quand tout va bien, vraiment bien, on n'a pas même l'idée de vouloir le prouver. Alors on arrive et on fait un petit show. Si on n'en fait pas, c'est encore un show, alors on y passe. Soudain, miracle, on aperçoit un copain, on est sauvé. On ne se lâche plus de la soirée, mais il n'y a que deux solutions : on se soûle la gueule ou on se branche cul. Si on se branche cul d'abord, pour faire plus écolo et propre, on se soûle encore plus la gueule après. Et les gonzesses vont rappliquer, encore pire. Jusqu'à trois, quatre heures du matin. Monstrueux. Alors que je pouvais roupiller peinard, mais vraiment peinard, avec un bouquin, ou une gonzesse même, une qui saurait lire.

Le bon côté, à Paris, c'est les poubelles qui te réveillent à sept heures du matin. Brillante idée, les poubelles. Et les restaus. Je suis très restau, moi. Les mecs viennent te parler pendant que tu bouffes, c'est quelque chose que tu es obligé de faire à un moment ou à un autre, bouffer, et donc tu peux choisir, ou bien le mec t'intéresse et tu manges doucement en l'écoutant ou bien il te fait chier, tu dis « j'ai faim » et il est condamné à te lâcher : « Bon, je te laisse manger... » Est-ce que je suis clair ? Non. Alors disons autre chose : que tout de même, pour bouffer, Paris, c'est génial. Surtout par rapport à la campagne. Il est huit heures et demie, tu as fini de bouger, tu es douché et tu te dis « Qu'est-ce que je vais bien pouvoir avaler ? » Et là, tu as déjà vingt mille solutions, du petit comme du grand, du cher et du pas cher, avec les gens ou sans les gens et encore, tu peux choisir aussi les gens. I love Paris.

Les gens à Paris, je les vois venir. Les types qui me reconnaissent, je peux déjà les deviner à leur façon de me demander un autographe. « Yann... » Ça, c'est le sympa, il va te tutoyer. « Je m'excuse de te déranger, Yann, tu peux pas me signer un autographe ? » D'accord, il est sympa. Mais le vicelard ? « Bonjour, monsieur Yannick Noah, si vous voulez bien, c'est pour ma fille... Merci, m'sieur. » Il me dit tellement merci que je me demande si des fois je lui aurais pas balancé un billet de cent en lui rendant son stylo. L'inquiétude, non ? Et ceux qui me tapent sur l'épaule, « Hé ! Yannick ! » C'est le pire, ça. Le vrai crétin se reconnaît à ça : il vous tape direct sur l'épaule alors que vous ne l'avez jamais vu. Ce sont des détails. Mais les gens, ils me voient une fois, moi je les vois dix mille fois, et si je mets dix mille détails ensemble, ça fait un gros détail qui me porte complètement sur le système. Un si gros que je ne peux pas l'évacuer normalement, et que je me tire. Par contre, les mômes, c'est jamais trop. Ils viennent me serrer la pince avec des yeux gros comme des assiettes. Quand j'avais mes dreadlocks, mes couettes façon Sheila après l'opération, il y en avait toujours un pour tirer dessus par surprise. Ah ! c'est des faux ! Eh non, c'est des vrais, t'as perdu, j'ai gagné. J'ai des posters de toi dans ma chambre, tu veux pas les signer ? Ils sont contents et ils partent en courant. Les grands, les emmerdeurs adultes, ils partent jamais en courant.

Ou une petite môme qui tapait dans ses mains, une fois, tap, tap, excitée comme une puce, un truc à elle, je ne sais pas, moi. Je lui donne son autographe et elle saute en l'air devant sa mère. « T'as vu la chance que j'ai, dis, maman, la chance ! » Ou une vieille, aussi bien. Une qui est tellement canée, que quand tu la croises dans la rue, elle a du mal à garder les yeux ouverts et elle te dit « Oh ! Yannick mon petit-fils... » Là, tu peux pas être blasé. À Paris il y a encore des mômes et des vieilles et des gens qui te tapent pas sur l'épaule, faut être juste. Il y a de l'espoir. Il suffit de regarder les clochards pour comprendre. Ils ont encore l'air « pittoresque » comme on dit. Ils ne font pas franchement peur.

Ils sont humains. Parce que le Parisien est humain avec eux. C'est la qualité superbe du Parisien : humain. Le problème de cette « humanité », c'est son mauvais côté. Son extrémisme. Son terrorisme. On s'occupe de son prochain, c'est bien. Mais parfois un peu trop. On fouille sa vie, on guette par sa fenêtre, on a tous les droits sur son voisin. Et là, tout déconne.

À New York, on peut voir des vrais clochards. Ils ne sont pas drôles. Ils ne sont pas pittoresques, mais alors, pas du tout. Le gros nez rouge, le kil de rouge dans la poche du vieux manteau, la chemise en papier journal, c'est fini, c'est pour l'Europe. À New York, devant un type complètement décharné qui est presque à poil et qui dort assis dans la rue ou dans le métro, c'est autre chose. On ne rit plus. On a très peur, ou honte, c'est tout. Évidemment je ne vais pas dire que New York est une ville de mourants, de clodos sortis de l'enfer, on croirait que je fais un papier pour la *Pravda*. Mais ça existe, on le sait. On le voit un instant, on l'oublie aussitôt après parce que cette ville est d'une beauté tellement énorme qu'on est sans arrêt distrait. La vie se défait ici, mais elle repart juste un bloc plus loin, il y a de quoi perdre les pédales, question « société de consommation », ou « rêve américain ». Ce qui est beau là-bas est immédiatement beau, gigantesque, ça grimpe au ciel en verre et en acier, ça en jette sans mollir. Ils ont l'enthousiasme, la mégalomanie, et j'aime ça, les gens qui se disent « On va aller dans la lune » et qui dix ans après s'y promènent. « On va faire une tour encore plus dingue que celle-ci ou celle-là », et hop, deux ans après elle est plantée, la tour. C'est beau. Mais il y a aussi le clodo en bas de la tour et on ne peut pas toujours éviter de tomber dessus. Ça peut gâcher votre belle conviction, lui faire de l'ombre.

Je ne suis pas sociologue ni moraliste. Ni un défenseur de la cloche. Simplement c'est comme un symptôme. Je me suis parfois dit : tout de même en Europe, à Paris, il y aurait quelqu'un qui s'occuperait de ce type, qui le regarderait. Je ne dis pas : qui partagerait son costume trois-pièces comme saint Martin, ou même lui donnerait de l'argent. Juste : qui le regarderait. Quelqu'un qui penserait que ce n'est pas tout à fait juste que, dans la même ville, il y ait des gens aussi misérables. Pour qui ça ne serait pas « normal ». Indifférent, donc pratiquement invisible.

Moi j'étais parti pour être invisible. Ça fait du bien au début, ça soulage. Et puis quoi. À Paris on peut rester longtemps anonyme. Si on y tient vraiment, vaut mieux éviter de gagner Roland-Garros, c'est sûr. Mais à New York on redevient anonyme comme au début à Paris, parce qu'il y a beaucoup plus de gens, tout bêtement. Et assez de nègres pour qu'on ne se retourne pas sur ma gueule d'amour. En plus de cela, ces millions de New-Yorkais sont tellement déments que rien ne les épate plus. Un type qui joue du sax génialement bien tout nu dans une fontaine de Central Park ? Rien à dire. Deux cents gosses blacks qui déboulent du Bronx, sur des patins à roulettes, des radios de trois kilos au bout du bras, hurlant une chanson de Donna Summer, descendant tout Manhattan, jusqu'en bas, à Wall Street, contre la circulation, à fond la caisse ? Sympathique. Des gens qui parlent tout seuls à haute voix, des ahuris dans une calèche à cheval (avec un vrai cheval), des trucidés à plat ventre au milieu de la Gare centrale ? Banal. Dans la même journée on n'arrête pas de grimper au plafond et de descendre aussi sec. Alors, qu'est-ce que l'arrivée d'un brave Français du Cameroun et de Paris, avec sa raquette à la main et son coup de cafard, peut bien leur faire à tous ces gens qui vivent depuis des années dans le plus bel hôpital psychiatrique qu'on ait jamais vu à ciel ouvert ? Rien du tout. Ils te voient pas, ils t'absorbent si tu sais trouver le pli, ou ils te piétinent si tu sais pas t'y prendre, mais ils te fichent une paix mo-nu-men-ta-le. Ce n'est pas par hasard si Greta Garbo vit à New York. Lunettes noires ou pas, on ne sait même plus qui c'est. Ils sont moins cinéphiles qu'en France, faut dire. Au-delà de Brooks Shields, les références deviennent vagues, prennent du flou. Mais Garbo peut promener son chihuahua ou ses fesses sans qu'on lui demande si c'était elle la Divine. À Paris, vous voyez le plan. « Alors, madame Garbo, je vous le prends dans le rumsteack, ce petit bif ? Et ce sera une baguette pas trop cuite, comme d'habitude, madame Garbo ? » L'enfer. De quoi se faire appliquer le plan *Emmanuelle 4* au carré : « Bonjour, docteur Pitangui, pouvez-vous me casser ma belle gueule célèbre et me planter à la place du pif, qui a fait ma fortune, un museau de bœuf, histoire qu'on me lâche un peu quand je prends l'air ? » Drame, je dis drame. Donc elle reste à New York et garde son beau masque où jamais le temps ne posera sa griffe, etc. Je sais, ça ne se voit pas, ni à la télé ni même dans la réalité, mais j'ai un côté Garbo, à l'intérieur. Pour les emmerder en tout cas.

Mais voilà. La Garbo qui est en moi est encore un peu jeunette. Elle a des retours de flamme. Et là, elle se dit : c'est bien d'avoir la paix, mais les morts aussi ont la paix. Et c'était pas mal quand même les feuilles des arbres dans le soleil avenue Henri-Martin, et tous ces Parisiens pas rigolos, grincheux, mais qui donnent l'impression de se connaître ; de vivre ensemble. Et l'île Saint-Louis et ces vieilles maisons grises, et ce gris sous la pluie, tellement brillant, ce gris d'argent, ce n'était pas si mal non plus. L'anonymat c'est plutôt une crise de désintoxe, une pause. Mais j'adore Paris, c'est plus petit, mais ça n'en finit pas. Jamais mort, Paris. D'ailleurs tous les Américains un peu cultivés adorent Paris. C'est pas uniquement pour la *Joconde* et le beaujolais facile. C'est pour la magie, l'âme.

Quand je parle d'âme, je pense au Moulin-Rouge. Demandez pas pourquoi. Psychiatres, circulez, y a rien à voir. J'étais allé avec « Moule » (pote à moi) voir Liza Minnelli. Au Moulin-Rouge. Moule est entré avec le Tout-Paris. Pas moi. On m'a refoulé à cause de mes tennis aux pieds. Moule ressort, et je vais faire jouer un piston du côté des grooms. En attendant on va avec Moule au café en face. Que des putes. On se branche, on boit des kirs et des bières et, quand l'ordre arrive jusqu'au portier du Moulin de me laisser passer, on était pétés, Moule et moi, mais vraiment pétés. Show génial de Liza, la plus belle, même si en fait elle est moche aussi. Et Moule qui fauche deux bouteilles de champ', pour le geste, la revanche. Et moi qui regarde la petite Américaine ramasser tout sur scène, dans ce Moulin-Rouge qui ressemble à une concession internationale, plus rien de français ici, je me mets à penser aux putes dehors, des Asiatiques et des Auvergnates, et à moi, le

Black là-dedans, noirci au tennis et au champagne, qu'est-ce qui m'arrivait donc ? Pour un peu, ça y était, je pensais à mon âme.

Je comprends très bien que ce que je dis de Paris et de New York peut paraître obscur à beaucoup de lecteurs, qui redemandent à juste titre : qu'est-ce que ce type vient nous raconter sur son âme et le chihuahua de Greta Garbo (je ne sais pas du tout si elle aime les chiens, petits ou grands, si même elle vit tout le temps à New York, ou ne fait qu'y passer une partie de l'année, le reste à Paris ou Londres ou Lausanne ou même Yaoundé, encore que là, franchement, j'aie ce qui s'appelle de la famille, on m'aurait prévenu, mais peu importe, quand elle est à New York, c'est cela qu'elle y trouve : une paix monumentale au milieu des plus grands agités du monde), et qu'est-ce que vient faire le Moulin-Rouge, avec ou sans Liza Minnelli ? Et les clodos américains ? Et qu'est-ce que ce Camerounais tellement chéri par nos fillettes trouve à redire, à reprocher à ce bon vieux Paris ?

Je ne suis pas écrivain professionnel. Non, moi je fais ça par accident, ce n'est pas mon métier et, si je n'avais pas tant de mal à gratter ces lignes pour tâcher de mettre de l'ordre dans mes idées, je dirais volontiers qu'écrire, c'est vraiment le dernier des métiers. Parce que ce n'est pas un métier. Si vous écrivez (de mon point de vue d'illettré culotté) en pensant que vous êtes sûrement un écrivain et que vous allez faire une belle carrière d'écrivain, c'est déjà fichu. C'est comme la sainteté. Un des pièges qui menacent tous les candidats à la sainteté — même s'ils ne sont plus trop nombreux, c'est valable pour ceux d'autrefois — qui multiplient les bonnes actions et le dévouement et les mortifications, miracles et martyrs, bref, le toutim, c'est que si un seul instant ils se disent « Ça y est, mon petit Laurent, je suis en train de devenir un saint », au moment où on les grille sur le feu des mécréants, ou bien « Allons, ma petite Cécile, avec ces lions qui vont te bouffer devant les Romains, ou ce gros bourreau bien laid et lubrique qui va te couper la tête, tu vas y avoir droit à ton ticket pour le paradis, à ton nom dans le calendrier », c'est aussitôt foutu. Le saint ne doit pas se douter une minute, une seconde qu'il va être un saint, sinon il y a vanité, orgueil, pan, le mec est recalé. En enfer ou à côté, avec les erreurs. Le vrai saint est complètement à côté de la plaque. Pas un instant il ne se voit avec une auréole, ça ne lui vient pas à l'esprit, il est dans son truc, comme un sportif du renoncement, et c'est là seulement qu'il peut avoir une chance d'être élu quelques siècles ensuite par les spécialistes en sainteté du Vatican. Donc : ignorance, inconscience, toute ! Pareil pour les écrivains, ceux qui tiennent la distance, le tournoi des siècles, pareil : ils ne se prennent pas pour des chapitres des livres d'école. Enfin, ceux que j'aime, même si ça leur est arrivé, cette petite faiblesse, ils ne l'ont pas trop déballée.

Moi je n'ai aucune prétention à laisser quoi que ce soit dans les lettres, à part des plumes et c'est très bien comme ça. Ce n'est donc pas avec un très grand sentiment de culpabilité que j'avoue mon incompétence quant aux règles de l'art. Je m'en fiche. Et, si je ne suis pas clair dans mes explications sur Paris et New York et mon amour bizarre des deux à la fois, c'est que la chose n'est pas claire non plus dans ma tête. J'écris, et peut-être que ça me permettra de comprendre, il y en a déjà un qui a fait comme cela avant moi, c'était un petit homme du côté de Bordeaux, il s'appelait Montaigne, comme je l'ai appris à l'école, et, l'un dans l'autre, ça n'a pas mal marché pour lui. Côté posthume, en tout cas.

Donc, je dis « donc » comme si tout cela s'enchaînait à merveille, c'est une façon de parler, sans plus, donc j'adore Paris. D'abord parce qu'il n'y a pas trop de nègres ici et que pas un seul d'entre eux ne veut être candidat à la présidence. Ce qui est un signe. Un symptôme. Le jour où comme aux États-Unis il y a des gens qui pensent vraiment qu'on peut monter un coup sur un nègre, direction Maison-Blanche, c'est qu'ils en ont vraiment par-dessus la tête, qu'il y a eu l'esclavage, la guerre de Sécession, Scarlett et Martin Luther King, bref un vrai contentieux. À Paris, non. D'accord, ils sont maltraités, mal logés, ils ont les sales boulots, pour ceux qui ne sont ni diplomates ni tennismen, mais enfin, il n'y en a pas tant que ça, et personne ne leur donne le fouet. Pas de Ku Klux Klan encore. Quoique...

J'aime aussi Paris parce que les Parisiens sont les plus mauvais coucheurs de tous les Français, qui bien souvent — et là je mets la pédale douce pour pas avoir l'air de faire du racisme antifrançais — sont plutôt des grognons, des renfermés, des chacun pour soi. Mais en même temps, comme ce sont aussi des humains comme tous les autres, noirs, jaunes ou verts qui les encerclent, ils ont quelque chose au fond d'eux qui les pousse à aimer leur prochain, même si ce n'est pas tout à fait leur semblable. Et quand ils vous ouvrent leur porte, les Français dont tous les Anglo-Saxons se moquent en disant qu'ils sont quasiment des demeurés (« ils sont sales, leurs baignoires sont bouchées, ils puent le camembert, le saucisson, ils sont horriblement chauvins, ils se croient encore sous Louis XIV ou Napoléon, avec leur grandeur qui s'est toute rétrécie, que des prétentieux et des péquenots, à moitié normands, à moitié ritals, rien de sérieux. Ils ont que le vin, la bouffe et les femmes. » Ah ! le French love, il faut voir dans les petites annonces de putes new-yorkaises ce que ça veut dire *French love*. Vous avez le normal, le *Greek love* pour la face B, et le *French love* pour lui claquer la gueule. Pour les oreilles, ils ont rien trouvé encore), eh bien quand ils vous prennent en amitié, ils sont dix fois, cent fois mieux que ces Américains tellement gentils du premier coup, que la deuxième fois, ils se souviennent même plus ta tronche. C'est lent à venir, mais c'est bien. Au fond les Français c'est pour l'Europe du Sud un peu comme les Irlandais. Grande gueule et braillards, mais fidèles. Et qu'est-ce qui vous reste quand tout se met à tourner trop vite autour de vous ? Les potes, les fidèles.

Peut-être que je penserais différemment si les Américains avaient inventé le Cameroun avant les Français. Mais cette idée de venir chez nous avec les gendarmes, la troupe, les missionnaires, les vaccins et le football ça a changé beaucoup de choses. C'était pas les mêmes cartes, pas la même donne. Et, en venant en France, en vivant le tennis à Paris, en connaissant les gens, je me suis dit qu'avec un bon classement il n'y aurait pas beaucoup de familles qui me trouveraient trop noir pour être le copain de leur fils ou celui de leur fille. Même si mon amour c'est encore plus haut vers le nord que je suis allé le chercher. Aux États-Unis, on m'aurait peut-être dit « stop », un peu plus tôt.

Et puis, quoi, ce coup de cafard, ce voyage américain, ce besoin d'anonymat dans la ville des gens célèbres, ce n'est pas bien grave. Ça n'était grave qu'à cause du succès. Le jour où je perdrai tous mes matches, où mes raquettes seront des passoires, plus personne ne viendra m'interviewer ni me proposer des reportages foireux, des affaires bidons. On me laissera tranquille et je me promènerai dans Paris bien paisiblement, et l'idée même de New York me fera peur, parce qu'il n'y a pas beaucoup de place pour les gens fatigués sur ce rocher à pic, pas de pitié pour les vieux lions. Ou alors je serai comme Johnny Weissmuller, à crier dans un asile de vieux acteurs mon cri tarzanesque à Roland-Garros. Non, en fait, je rempilerai au Cameroun. J'aurai douze femmes plus la mienne, deux cents gosses. Je serai de nouveau le roi. Le roi des Etoudis, un roi si heureux et si petit qu'il n'aura même pas un ambassadeur à envoyer porter une cravate chez les autres, dans l'air conditionné. Un roi, un vrai, je pousserai même la perfection de mon régime jusqu'à ne pas avoir un seul sujet.

Allez, tiens, changeons de braquet.

Parlons dope.

La dope, je dois le dire, j'y connais rien. On a beaucoup écrit de sottises là-dessus, et même des conneries sur ce que moi je pouvais avoir avec. On réglera les comptes plus tard. Chapitre « presse ». Mais moi, non, je ne sais pas vraiment ce que c'est que la dope. D'abord la plupart des gens vont me répondre « Oh ! tu peux pas dire "drogue" comme tout le monde ? » J'hésite. Je ne voudrais pas faire de peine aux droguistes qui ne sont pas des dealers. Et la « came » ça fait trop sérieux, c'est du « heavy », avec un quelque chose très après-guerre, ou avant-guerre, quand Gabin était entre deux âges, plus un gosse en tout cas, et qu'il jouait dans *Razzia sur la chnouf*. La chnouf, personne ne dit plus ça. Alors, la dope c'est un peu flou, pas mal, genre américain. Et puis on dit bien « se doper », alors assez de chichis, de toute façon je ne suis pas conférencier et le mot « drogue » appelle toujours le mot « dure » ce qui est encore moins dans mes idées que les « douces ».

Une chose d'abord : le type qui va chercher quelque chose dans la dope c'est d'abord un malheureux, qui pense que le secours vient d'ailleurs, d'un médicament, d'un truc, d'un calmant ou d'un excitant. Or moi je suis le contraire de ce genre de caractère. Mon idée, quand ça ne va pas, c'est d'appliquer la méthode Coué et de me dire « Je vais bien, je vais super-bien », jusqu'à ce que ça aille. La dope n'apporte rien que ce qu'on a déjà. Si c'est du chagrin, bonjour la dope, c'est un désastre. Si c'est la joie, pas besoin de demander plus, non ? À partir du moment où un type prend des choses c'est qu'il n'est même plus en état de se botter les fesses en se disant « Je vais bien, vieux con, je vais bien ! » Et donc qu'il est vraiment en bas. Là où l'attendent tous les traquenards, les plus gros, les plus subtils. Il peut se jeter dans la Seine, se soûler comme c'est tout à fait légal, aller voir un vrai pote ou prendre une pilule rose, un truc vert ou blanc, une dope quelconque. Et là encore, faut distinguer.

Je ne connais pas ce qu'on appelle les « junkies », les kamikazes de la seringue. Je n'en ai pas dans mes amis, je ne voudrais pas en avoir pour ami. Ce plan suicidaire ne m'intéresse pas, s'il y a des candidats c'est leur affaire, pas la mienne, j'aime la vie et pas ce qui la fait oublier. Pas envie de l'effacer, la vie, ni de m'effacer, moi. Donc les stups et tout l'arsenal, à dégager. Cela dit, reste un cas un peu limite, qu'on ne sait pas trop où caser, parce que les gens ne sont pas trop déglingués, mais quand même, pas « accrocs », mais quand même, etc. et qui ressemble, par la présentation, le côté poudre, à du sérieux, c'est la coco, la cocaïne, la coke. Il y a tellement de gens qui en prennent, aux États-Unis, à New York, tout naturellement, ce n'est même plus chic, qu'on finirait par oublier que c'est quand même pas de la vitamine C ou un espresso serré. Banal, c'est devenu banal. On ne pense même plus aux milliards de dollars qui filent chez les trafiquants de Colombie, de Bolivie, du Pérou, chez les gangsters et tout. Non, le plus pépère des jeunes Américains dans le coup offre une ligne de coke au moment du dessert à ses invités. Quasiment comme un digestif, un chocolat fourré anglais. C'est ridicule. Pour mille raisons, et je passe sur les neurones qui se télescopent, les cellules qui se font la malle dans le cerveau, les troubles du cœur, des nerfs, de la quéquette et du portefeuille. C'est ridicule surtout parce que tout ce que les gens trouvent dans la coke c'est le moyen d'aller « plus vite, plus fort ». Alors qu'ils sont déjà à plein régime, l'aiguille coincée dans le rouge, toute la journée. Des supernerveux, des speedés par profession, dans la pub, la mode, tous les milieux. Au lieu de se calmer et de se dire : « Cool, on fait le point et on repart », non, ils sortent un rail de coke, se le fichent dans le nez, dans le meilleur des cas, et foncent comme des bolides vers la chute libre. Ce n'est même pas con. C'est ridicule.

Et pourtant, si on était dans une période de dénonciation forcenée et que j'étais un franc salaud, un zélé délateur, je pourrais citer des noms. Balancer des fiches. Il y en plus d'un dans le sport qui se balance un petit coup de poudre avant de descendre schuss une belle pente de ski par exemple. Il ne faut pas croire, tout ne se voit pas dans le pipi, à l'arrivée. Alors, pour la triche à la coco, ça existe, mais moi, non merci. Sur un court, tout se passe tellement vite et si intensément que, plus vite, plus fort, j'éclate Impossible d'augmenter les doses d'adrénaline, ou alors j'ai le couvercle qui gicle. Pour moi, je dis « pour moi », c'est tout bonnement infaisable. La réaction chimique qui se produit en moi quand je rentre sur un court, c'est déjà un maximum, je ne vois pas ce qu'un coup d'accélérateur me donnerait à part de me faire m'étaler par terre. Terre battue, of course.

Reste les douces, la douce, l'herbe. Autre chose, bien sûr Ça ne t'excite pas comme la coco, c'est plutôt le contraire, un ralentisseur de temps. Je peux bien dire la vérité, oui, j'ai déjà fumé de l'herbe. Ce n'est pas vraiment ce qu'il y a de plus méchant, et dans la plupart des cas, ça ne rend pas les gens trop agressifs. Moins qu'un mauvais beaujolais. Parfois, ça peut aider à prendre les choses sous un angle différent, l'herbe, plus lentement, plus sensuellement. C'est vrai pour la musique, c'est vrai pour l'amour, tout le monde sait ça. Une impression que les choses durent plus longtemps, sont plus profondes, plus belles. Et puis ça passe et tu peux aller t'allumer un autre pétard et un joint sur un pétard, rien ne vient plus. T'as été assez content, c'est tout. Laisse les piles se recharger. Les rastas, à la Jamaïque, ils ont la meilleure du monde, parce que les avions de l'armée américaine n'ont pas le droit d'aller bazarder des poisons sur leurs récoltes, ce qui fait qu'ailleurs elle est si pourrie. À la Jamaïque, c'est du grand cru, la classe. Les rastas font toute leur musique avec ça et la musique rasta, elle a bien fait le tour de la terre, non ? Cela dit, Beethoven, il avait pas besoin de pétard, alors il ne faut pas croire que c'est dans le produit qu'il y a les idées ou le talent, comme le croient la plupart des gens qui se dopent.

Le sommet du débile, dans ce domaine, c'est le snobisme. Chacun défend son truc, comme s'il avait breveté son poison. On croit rêver. Parce qu'à partir du moment où tu es dans une dope bien particulière, ça veut dire un groupe de copains, des échanges, des habitudes, et aussi des liens. Et des délires hyper-nazes. Des manies, des craintes. Ça craint autour de ce monde-là, c'est une vraie paranoïa, pour rien. Les types ont tout ce qui manque à la plupart des gens et en plus, comme ils ont repéré un petit coin où ça ne va pas, une petite fêlure cachée, ils vont se chercher de la dope. Nul, nullissime. On peut sûrement trouver un tas de raisons de se doper, des bonnes et des pas vraiment bonnes. Mais la vérité c'est qu'une fois dedans, amis ou pas, on s'y retrouve seul, tout seul. Et que c'est seul, uniquement seul, qu'on peut s'en sortir. En refusant de se laisser tomber du côté négatif, de se laisser plier par la chose. Il n'y a pas de recette et je ne suis pas qualifié pour en donner, ce n'est pas moi qui souffre de ça, mais j'ai cru comprendre que parfois il suffit d'un mot, de quelqu'un qui te prend au bon moment et te dit : « On arrête là. » Et tu arrêtes. Au bon moment, tout est là. Question de feeling, de chance, de hasard. D'avoir des gens pas bêtes autour de soi. De vouloir s'en sortir, d'être prêt à plaquer. Mais plaquer l'herbe, c'est pas un problème. S'il y en a et que tout va bien, pourquoi pas ? Mais c'est pas moi qui irais en chercher ni en acheter. Aucun besoin, aucune nécessité. Rien que de voir comment les gens prennent au sérieux quelque chose d'aussi peu méchant, j'en ai peur pour eux. Ils finiraient par se soûler à l'eau du robinet. C'est dans leur soif au départ que ça a commencé.

La dope, on peut aussi voir cela sous un tas d'autres angles, bien sûr, et il y a des professeurs très respectables, des médecins formidables qui ont dit et disent encore beaucoup de choses plus passionnantes que ce qu'un simple joueur de tennis amateur d'eau plate peut raconter. On peut, en passant, prendre la peine de se souvenir que le grand Sigmund Freud, qui n'était pas vraiment le penseur le plus conformiste de son temps, puisqu'il a tout de même réussi à dire des choses dont personne ne voulait entendre parler et aller contre la plupart des idées reçues, avec un sacré culot — oser parler de pipi, d'inceste, de caca, de meurtre du père, etc. quand on est un Juif à Vienne, au début du XXᵉ siècle, c'est pas ce qu'on appelle caresser la cervelle des braves gens dans le sens du poil —, ce cher Freud, donc (rassurez-vous je ne suis pas en analyse, j'adore mon papa, ma maman et je me défoule bien assez sur un court, entre autres) a cru longtemps que la cocaïne était une panacée, un cadeau du bon Dieu. C'est mon copain Stavridès qui m'a authentifié la chose. Le doc a écrit un essai sur la coke, c'est publié, il a envoyé des lettres enflammées à sa fiancée pour lui dire à quel point c'était une découverte inouïe, stimulante, etc. C'est beau, non ? Il n'était pas le seul à l'époque puisqu'un marchand de vin, Stavridès toujours dixit, fabriquait un petit apéro à la coke, le vin Mariani, qui avait la bénédiction de toutes les têtes couronnées d'Europe et même du pape. Sacré réconfortant, l'apéro ! Et Charlot, quand il sort de la pharmacie dans *Les Temps modernes*, qu'est-ce qu'il se met dans le nez qui le rend tout gai ? Et le Coca-cola, ça ne marchait pas mal non plus comme remontant : jusqu'en 1903 il y avait pas seulement des bulles dans la petite bouteille... Bien, c'est du passé, mais je voulais juste, en quelques lignes, essayer de montrer que ce qui a l'air d'être le diable ne l'a pas été tout le temps. Et que la dope, la religion, l'ennemi numéro un, le bien, le mal et les boissons gazeuses, tout cela n'est pas uniquement scientifique et médical et prouvé, etc. C'est aussi, comme dirait Pascal, une « affaire de mœurs »...

Merde, v'là que je cite Pascal. Là, je pousse le bouchon. Retenez-moi ou je vous fais un développement sur Proust et le tennis. Sujet immense ! Tiens, en passant, je me rappelle subitement autre chose que je lisais quand j'étais gosse, comme pas mal d'enfants : *Alice au pays des merveilles*, de Lewis Carroll. Entre autres, il y a un passage où Alice trouve une bouteille sur laquelle est écrit « Bois-moi ». Elle boit le contenu de la bouteille et devient toute petite. Et juste après, elle tombe sur des gâteaux où il y a écrit « Mange-moi » et, hop, elle se met à pousser comme un télescope. C'est une des plus énormes histoires de drogue jamais racontées. Voyez les dessins qui vont avec. Et on donne ça à des enfants. Bien sûr vous allez chercher à me caser le nom de Pinocchio. Mais non : on dit Pinocchio ment, *donc* son nez s'allonge et il est bien puni d'être allé dans l'île aux plaisirs avec son pion de Jiminy Cricket. Moi je dis que c'est *parce qu'*il connaît un certain plaisir, peut-être de la main gauche, et *parce que* son nez s'allonge (je ne développe pas ici la métaphore, il y a des gens sensibles dans les gradins, mais il n'y a pas trente-six mille choses qui s'allongent en donnant du plaisir chez un petit garçon) qu'il est *obligé* de mentir. On ne dit pas : « Gepetto, laisse tomber, je me pogne », c'est vulgaire. Donc Alice et son lapin, c'est une extraordinaire histoire de camés, dont on berce les gosses du monde entier, une histoire très belle aussi, qui montre bien que la dope ce n'est pas toujours obligatoirement une invention des terroristes et du K.G.B. pour couler l'Occident et sa belle jeunesse. Là aussi on pourrait parler de la vodka et de la pacification en Pologne, mais je ne vais pas tout déballer d'un coup. Si vous m'achetez ce bouquin-là, il faut que je garde quelques pensées pour le tome II. Le drogué, c'est, au bout du rouleau, un déchet, un esclave, un agonisant. Mais, au départ, c'est un petit homme qui se demande ce qui va lui arriver s'il mange le gâteau « Mange-moi ». Il faut y penser à cette curiosité-là, et comment faire pour y répondre sans mentir ? Et autrement qu'avec des gendarmes et des hôpitaux.

Mais puisque je parlais de l'Est, restons-y un peu. Est-ce que les anabolisants sont une drogue ? Oui ou non ? Vous prenez une gamine douée pour le crawl et vous la gavez d'hormones, à fond la caisse, en piqûres, en potages, en suppos. Deux ou trois ans après, elle se lance du plongeoir, traverse le grand bassin comme un Riva dont le moteur est emballé, renverse la moitié de la flotte de la piscine dans les gradins et quand elle sort pour arracher sa coupe en métal doré, au nom du peuple tchèque ou de la R.D.A., vous avez l'agréable surprise de constater que l'exquise gamine est taillée dans le filet, du genre déménageur qui allonge facile trois paires de baffes à Lino Ventura et Belmondo, sans se faire doubler. Les roberts se sont faits la malle avec l'arrivée des biceps, deltoïdes et pectoraux de Martiens, je parierais mon short qu'elles n'ont plus leur ragnagna depuis deux ans. Étonnant, non ? Quand un mec va se faire faire la totale à Casa pour en devenir « une », on dit, hou ! hou ! l'inverti ! D'un travelo, silicone en haut, trou râpeux en bas, on se moque. Mais a-t-on jamais dit que les nageuses de l'Est étaient des travelos à l'envers ? À part l'implant pénien (gonflable ou fixe, selon modèles) il ne leur manque rien. La voix, le poids, la force, la carrure, tout est là. Ce sont des *travelos d'État*, me dira-t-on. Soit, mais ce sont aussi des travelos de la came. Des sportifs camés pour gagner. Pour qu'un État puisse dire à son peuple béat devant la télévision d'État : « Voyez comme nous avons raison d'être l'État qui vous emmerde puisqu'on vous crache toutes ces belles médailles et ces timbales avec nos fameux travelos d'État, entièrement camés aux frais de l'État et sous contrôle des médecins de l'État. Hein, que vous en revoulez de cet État-là ? » Sûr. Mais si on pense à ce que ça doit donner un travelo du relais papillon, une fois sorti de l'eau de compétition, séché et rhabillé, ce qu'elle, ou il, doit penser de nous dans son petit lit, offert par l'État, et comment ça se fait qu'elle a du mal à plaire aux mecs, ou pourquoi c'est puni d'être gouine alors qu'on vient de la préparer à l'être, sans vergogne, à pleines seringues, on ne trouve plus ça si joli le papillon ou le quatre cents mètres, on ne rit plus.

On ne rit plus devant un monstre. On a peur. Comme dans *L'homme qui rit*, de Hugo (je me décide : Jean Rosenthal, vous qui avez le bras long chez Stock, faites un effort, je veux un index des auteurs cités à la fin de mon livre ; comme dans La Pléiade, merde, quoi, ça coûte rien et c'est classe), où Hugo raconte comment on défigure des enfants pour en faire des bêtes de foire, des « curiosités », on ne rit pas. On a envie de gerber, ou de penser à autre chose. Mais on ne peut pas être d'accord. En tout cas, pas moi. Et je dis : les anabolisants, les travelos nageurs du léninisme, c'est la came au service de l'État. Au moins le cycliste qui prend des amphés pour oublier sa douleur et grimper le col ou le mont Ventoux, il peut s'arrêter après, se remettre au déca bien serré. La nageuse d'État, elle, est foutue à vie.

La dope, vaut mieux s'arranger pour pouvoir la pisser après l'effort, c'est pas légal, mais c'est plus sain que de rester un monstre. Le sport peut créer des monstres, j'en connais (pour les noms, même tabac : le tome deux), et tout le monde a l'hypocrisie de trouver ça normal, de ne rien dire, de mettre en compétition des prototypes de monstres et des gens sains. Je dis : bavure. Halte aux zombis. Frankenstein interdit de J.O. Logique, non ? Pas d'excitants ? O.K., alors remballez vos monstres.

Moi, je ne vous ferai jamais ça. Même pour la Coupe Davis, Flushing Meadows et Roland-Garros assurés, garantis, signés à vie, je ne me laisserai pas manipuler la génétique par les docteurs Folamour du sport. Ce qui m'intéresse, c'est de gagner en étant un type comme tout le monde. J'allais dire « normal : blanc... » Coluche vous l'a déjà faite. Non, un type à jeun, un homme qui ne triche pas. Un sportif sérieux, à plein temps, un fou de l'entraînement, d'accord ; pas l'homme bionique, ni *Alien,* ni la *Créature du lac Vert.* Le plan Michael Jackson, très peu pour moi. Une idée, ça : Michael Jackson, un carré de moquette neuve sur la tête et un pot d'échappement profilé en aileron de requin, balancé dans une piscine, il devrait flotter, au moins.

Cela dit, il n'y a pas que la came et les régimes totalitaires dans la panoplie des dangers qui menacent le sportif. Au hasard, comme on dit après avoir consulté son avocat, au hasard, donc, il y a aussi la presse qui crée des monstres. Je ne parle pas des héritiers d'armateurs grecs ou des altesses royales ou autres (les noms, ce coup-là, ce sera tome III : œuvres posthumes. Sincère, mais pas kamikaze, faut savoir devant qui on joue, à mon niveau, et où placer mon blé quand je me serai cassé en douce comme Borg), mais des sportifs. Roland Barthes, mon maître, disait que le sport était à notre époque le dernier domaine où se réfugiait l'épopée, le style épique, voir *L'Équipe* pour l'épique. Il avait raison, Roland, j'abonde. Dans son sens. Lisez *L'Équipe* (merci pour la bonne critique, je la sens qui vient, l'air de rien : « Noah, un écrivain-né. » Comme Mitterrand, dans *Le Monde. Le Monde*, juste le lendemain du 10 mai 1981. Passons), ou bien écoutez les vrais commentateurs de sport comme en Amérique latine, où ils ont des vrais ténors de radio-futbol, des Caruso du match commenté. Douze adjectifs mirobolants à la seconde, des cris, des larmes, des héros, des géants, des bataillons de titans, Dieu et le Diable, c'est beau comme l'*Iliade* et l'*Odyssée*. Donc Roland avait mis pile dans la lucarne. Mais.

Car il y a un mais : Mais le champion, le buteur, le sportif qui se voit promu au rang de demi-dieu par la presse et finalement le public, ça peut lui faire drôle de rentrer chez sa femme qui pense, elle, que le demi-dieu est une demi-portion au lit et un idiot complet pour le sentiment, parce que ça peut arriver ça. D'être génial devant une balle, au bout d'une perche ou d'une raquette, et le dernier des tarés en dehors de ça. Ce n'est pas forcé, bien sûr, mais à mon avis un bon sportif est un type équilibré. Intelligent ? non. On peut être aussi con que le marteau homologué et le lancer très loin, là où Einstein ne serait même pas allé à pied. Le minimum syndical c'est avoir une ou deux idées sur la psychologie et la stratégie. Sans en faire des armoires. Je ne joue pas

Lendl comme Connors, ni MacEnroe comme ma sœur. Même en boxe (avant qu'on vous ait gaulé tous les neurones en l'air à coup de baffes, comme si vous aviez des pellicules, boum, un direct et c'est parti) il faut penser à ce que pense l'esquinté qui est en face de vous et qui n'a qu'une idée, le salaud, vous déglinguer avant que vous le massacriez. Même en boxe, c'est dire. Un sport où ils sont tellement laminés, déchiquetés, pilonnés à la sortie, à la limite d'âge, quand la date de fraîcheur vire au rouge « baiser », qu'on n'arrive pas à les employer comme journalistes, même pas journalistes sportifs. Évaluez vous-même les dégâts. C'est encore plus poignant que les bébés-phoques. Surtout qu'on se fera jamais un manteau pour l'hiver dans la peau d'Acariès, on ne fait plus ça, le boxeur velu. On travaille sur une race chauve, c'est mieux, les gants n'accrochent pas. Mais je m'éloigne, toujours ce truc que j'ai pris chez Montaigne, c'est terrible, parfois je dois me relire pour écrire la page suivante, enfin ça y est : la presse fait des monstres à partir des sportifs, de quelques-uns en tout cas, les « vedettes », qu'ils soient au départ des andouilles ou des rigolos ou des mecs normaux : noirs. Pas forcément que les journalistes soient des sadiques assoiffés de scandales ou des brutes du stylo, des « hyènes dactylographes » comme disait Léon (Trotski, je crois ? À vérifier, avant l'index). Pas à cause des personnes, mais par le poids des outils, la logique même du sport pris comme spectacle par la presse. Le gros plan, le détail, la starification, c'est vite fait, et ça peut vous balafrer pour un moment. Anquetil, Poulidor, Pelé, Borg, tous tatoués, statufiés de leur vivant, en plein effort. Pire que Cloclo ou Pompidou, non ? Eux, ils n'ont pas pu exiger qu'on vire leur statue.

C'est le côté « tatoueur » et rouleau-compresseur de la presse qui m'a fait hésiter pendant longtemps avant d'accepter la plus petite interview un peu sérieuse. Au début j'ai dit n'importe quoi, tellement ça me les cassait en semoule, rien que pour avoir la paix. Ou bien, à la fin du match je me tirais et tant pis pour l'interview, rien à cirer. Résultat assez compréhensible : je n'avais pas une bonne presse. Je m'en foutais, bien sûr, que les journaux ne parlent pas de moi. Mais le problème, c'est qu'ils en parlaient. Trop. Et que je commençais à me rendre compte que le public n'assimilait pas l'image que donnaient les journaux, à laquelle les journalistes croyaient : celle d'un jeune mec plein de talent, mais dilettante. Le mec qui aime bien la vie, le fric, les gonzesses, un peu léger, quoi. Qui refuse de se conduire en professionnel (traduction : d'aller aux conférences de presse, pour que les journalistes continuent à pondre leur copie. En pro). Je n'ai pas trop aimé les premières conférences de presse. Notamment à Bordeaux, où les vibrations étaient carrément au noir, si je puis dire... Et puis après, je ne sais pas, un déclic, j'ai décidé de me les faire toutes, les conférences avec la presse. D'assurer à mort, sérieux et gentil. Un peu pute, quoi. C'est pas facile de faire la pute, surtout au début, il y a plein de dames et de messieurs qui pourraient témoigner (tome trois ? Bof...), mais on y arrive toujours, content ou pas. La pute a mal, pas le client. Quand la pute est heureuse de faire son job, le client prend même son pied. C'est à peu près là où j'en étais avec les médias au moment de l'histoire *Rock and Folk*. Ce qui va nous ramener, fidèle lecteur, au thème sans cesse étreint et délaissé de ce chapitre hagard mais têtu : la dope.

Donc, un jour, deux mecs de *Rock and Folk* m'appellent et me disent : « Ouais, on va faire une interview cool, super sympa. Si tu veux, on ira au Laspa (Palace) pour boire un petit revet (verre) et ça sera coo-oo-ool. Et après on fait une interview, ou avant, bof, tu sais on est coo-oo-ool, Yann, on est rock et tout. » Je dis, d'ac, O.K., ouais, le rock ça m'intéresse, va pour l'interviouve. Et déboulent chez moi deux guignols. Allure sympa. Ambiance « on va se marrer ». Et on commence en parlant de tout, par exemple de mon contrat avec Volvo : « Ah bon, tu as une Volvo, et qu'est-ce que tu en fais ? » Moi : « Eh bien, écoutez, Volvo, pour être franc, je trouve ça plutôt moyen. » Effectivement, par rapport à la Ferrari ou à la Porsche que j'avais, c'est nul, Volvo. « Mais, bon, mes états d'âme de fou de bagnole... Ça me regarde, hein... » Eux : « T'inquiète pas, tout ça c'est "off" interview (traduction : on joue la confiance, on les imprimera pas, ces mots ou ces phrases qui pourraient te faire des emmerdes). Tu sais, on a l'habitude. Tu peux y aller. » Alors, moi, déconnant, je continue : « Oui, c'est pas terrible, Volvo, mais je vais la filer à ma mère. » Ensuite ils attaquent sur les pompes « Converse », pourquoi j'en porte, etc. « J'ai des pompes Converse, parce que le Coq sportif, ces cons-là, ils ne font pas de baskets encore. » Les guignols se marrent mais, en traîtres, notent tout dans leur tête. Pour publication. Vous pouvez imaginer la bobine des gens du Coq sportif. Heureux. Promotion ! Ensuite, on attaque le sujet tabou, la dope. « Promis, Yannick, c'est complètement "off", on sait ce que c'est, on n'est pas des salauds, qu'est-ce que tu penses de la dope ? » Moi : « Eh bien... » J'avais dix-neuf ans, à l'époque. Un gamin un peu frimeur. Je voulais pas avoir l'air d'un péquenot. Snob en quelque sorte, par bêtise, naïveté. Je me dis, quand même, je vais leur en mettre plein la tronche, avoir l'air dans le coup, je dis : « Euh... je fume, des fois. Même que, oui, ça m'arrive de fumer. Et l'autre jour, tiens, j'ai fumé de la pure, et je suis allé jouer après. Le délire, j'ai couru huit heures sans m'arrêter et patata... » Les mecs : « Ouais, ouais... », et je voyais bien qu'ils avaient leurs idées derrière la tête, ou au moins une. Et, mine de rien, ils se mettent à balancer des noms. « Tu crois que Pecci... il se charge pas un peu ? Il carbure, non ? » Et moi, crétin, à mille kilomètres du Code pénal, je bafouille : « Possible... J'en sais rien. Mais, oui, c'est bien possible... »

Et là, coup vicieux. Ils enfoncent le clou : « Sûr, des mecs comme Pecci se dopent pour jouer. Chargés sur le terrain. C'est moyennement drôle. Et Borg ? Borg aussi, tu crois ? » Et ils me le jouent comme ça : « Tu sais, nous on le sait, Borg, il fait ci et ça. » Moi : « Ah bon ? C'est bien possible. Ça m'étonne pas. » J'avais l'air con comme un balai. Ensuite ils ont bouclé leurs valises, ont fait leur dossier et ont joué le truc en grands vicieux, genre : « Noah, c'est quand même un sacré mec, il a eu les couilles de dire des choses, il y en a pas beaucoup pour le faire... etc. »

A peine je réalise l'entourloupe, trop tard. Il faut que j'explique à ma mère que c'est des conneries, que je ne me drogue pas, ni rien. Et maman qui tombe de haut et papa qui téléphone complètement chamboulé. Moi je flippe, évidemment, je suis en plein tournoi, je m'embrouille, à la fin des matches tout le monde me pompe l'air sur ça, comme si je passais plus de temps à rouler des joints qu'à renvoyer les balles. A croire que ces types n'ont aucune idée de ce que ça peut vouloir dire, l'une et l'autre chose. Naïfs à ce point ? Pas dans ce métier. Non, ils avaient trouvé un plongeur qui saignait, et grouillaient autour de moi les affolés du bocal.

Juste ensuite, j'ai eu droit à la fiche « Noah a baisé une fille dans le vestiaire ». Sans blague. J'étais pas marié à l'époque ni fiancé, je n'avais rien promis à personne, mais peu importe, je me demande qui a pu leur dire une chose pareille. A mon avis, c'est *leur* fantasme, à *eux*, se faire une nana dans le vestiaire. Le côté sexe et sport. Corrida. Arènes sanglantes. Carmen joue de la flûte avant la mise à mort. Les oreilles et la queue. N'empêche, où ont-ils pêché ça ? Oui, c'est arrivé que je tire un coup juste avant un match, et alors ? Il y a des tas de mecs, qui sont pas des champions ni des aspirants champions, juste des pères tranquilles, qui sautent leur femme avant de bosser. Et qui ça gêne ? Où est le malaise ? Franchement, ça doit être bien mieux pour tout le monde, ils doivent être bien plus aimables au bureau, ou à l'usine, ou sur leur tracteur, plus détendus. Je ne saisis pas bien le côté « choquant » et « orgiaque » de la chose en ce qui me concerne. Entre nous, si je pouvais baiser avant chaque match, pas à mort, mais une fois, ce serait génial. Le pied, quand tu as bien les boules, que tu flippes en pensant à ton revers et au passing-shot de l'enfoiré qui t'attend, ou même avant un match qui t'ennuie, de trouver des gonzesses dans les vestiaires qui te proposent sans faire de chichis la revue des deux mondes, qui te jouent « Une nuit sur le mont Chauve ». Ou même, vite fait, en taille-brèques, le solo des « Oignons » de Sidney Bechet. Là je dis : délivrance ! Faudra que j'en parle à Chatrier : mettre des gonzesses dans les vestiaires. Et pas des nageuses soviétiques, ni la Navratilovna, pitié. Plutôt Marie-Christine Debourse.

C'est important, ce qu'on dit à la presse, parce que ces gens-là peuvent entortiller tes phrases et les couper et les rallonger, mettre des guillemets ou pas et dire après : non, c'est pas nous, c'est une coquille, une erreur à l'imprimerie, c'est pas grave, les gens, les lecteurs, *nos* lecteurs, rétabliront d'eux-mêmes. Moi, je ne peux leur donner qu'un seul conseil : de se la mettre en ceinture, bien attachée leur coquille, si des fois ils me croisent dans la rue. Parce que je veux bien leur faire, d'un coup de genou, le courrier des lecteurs. Ces gens-là peuvent changer ton image, te faire passer pour un brave type ou une crapule sans que tu saches pourquoi, ni comment, ni qu'est-ce que tu n'as pas fait qu'il fallait faire. Et, du jour au lendemain, gagnant ou pas sur le court, on te crache à la gueule ou on te fait une plume dans la rue. Quand on entre dans une salle de conférences après chaque match, on sait que c'est dangereux, presque autant que le match, parce que ces gens-là vont te faire l'image. Comme on dirait : faire le portrait. Maintenant c'est l'image. Pas le look, le look c'est juste extérieur, apparent, l'image c'est intérieur. C'est moral, comme si on te mettait une note, de zéro à vingt, sur qui tu es, d'où tu viens. On entre dans la salle et on sait qu'il y a là des gens qui t'aiment bien et que tu estimes, d'autres qui ne te saquent pas. Et ceux dont tu ne sais rien ni qui ils sont, ni ce qu'ils veulent. Ceux qui te haïssent, ça se voit en plein sur leur figure, et ceux qui sont contents, qui vivent le truc avec toi.

Le hic, c'est qu'il y a un micro pour toutes ces oreilles et ces cervelles. Ce que tu réponds à un-qui-te-pose-une-question, c'est pas ce que tu aurais dit à un autre, et tant pis la réponse que tu donnes, elle, est pour tout le monde. Pas question de faire le détail devant la meute. Si un pote te demande un truc anodin, il faut quand même ne pas céder aux bonnes vibrations que tu sens, et te demander au contraire : cette question banale, et la réponse que je vais faire, qu'est-ce que le zigoto au troisième rang, qui me vomit, va en tirer de négatif ? Comment ne pas laisser prise à une interprétation malveillante ? C'est comme aux échecs, ou au tennis, il faut anticiper : si je dis ça, lui va le prendre bien, comme je le dis, mais l'autre là-bas, il va le tordre autrement, faire exprès de le piger de traviole, ou de n'en donner qu'un morceau, pour tout fausser. Le résultat, c'est exactement ce qu'on voit avec les hommes politiques, on truande dans tout ce qu'on dit. On prend tellement de précautions qu'on finit par parler une espèce de langue de bois. « Je suis très content, mon adversaire était très en forme pourtant, ça été dur, j'aime le tennis, ma famille, mon pays, les hommes, tous mes frères... Et puis quoi encore ? » Comme les politiques : « Je suis un démocrate, je veux la liberté, les droits de l'homme », et tutti frutti, comme disait Elvis. Pas un, même ceux qui sont repérés comme des affreux depuis cinquante ans, pas un qui ose dire : je suis facho, mort aux Juifs, aux nègres, fusillez les pédés et les chômeurs. Bien que... il y aurait des électeurs pour ça, probable. Donc, langue de bois, l'œil bonasse, pensée molle, conversation gris béton, façon « porte-bonheur ». Si j'écris ça, hélas, Sabatier ne m'invitera pas à R.T.L., faut peut-être le barrer, dis Rosenthal, ce livre on le joue prudent ou on va au filet ?

Au filet. D'accord. D'ailleurs, Sabatier, pour ne pas le nommer, je connais son problème, j'ai le même. C'est un pro qui n'en finit pas de porter sa croix où il y a le mot infâme de « gentil », le « gentil Sabatier », comme le « gentil Yannou ». Une plaie, la gentillesse, ça fait nunuche et châtré, une horreur. Le « méchant » MacEnroe, c'est plus drôle, encore que, lui, on le prend pour un vilain petit canard, Donald en pétard, rien de sérieux, il ne fait pas peur. Il a juste l'air d'avoir été prématurément largué par la psychologue de la crèche et de se taper un vieux bourdon, un retard d'affection, côté maman. Mais le « gentil », on imagine qu'il est si brave et con qu'il sourira à toutes les vannes et dira merci, et les gens sont comme au zoo, à l'abri devant les gros barreaux, ils se demandent à partir de combien de cailloux et de vieux chewing-gums le gros ours va enfin se fâcher. La gentillesse, très bien, mais il faut peut-être montrer d'abord qu'on peut aussi faire mal, se défendre. Drucker, mon gentil préféré, il a dû en remettre plus d'un à sa place pour trouver la sienne ; sans cesser d'avoir l'air gentil, il a dû répondre coup par coup. Moi aussi.

Avec un journaliste en tête à tête, pas de problèmes, en principe, on peut s'assurer qu'il comprend ce que l'on dit, qu'il n'y a pas erreur. On peut lui jouer la confiance, la corde humaine. S'il y en a une. Parce que l'exemple de *Rock and Folk* m'a refroidi sur la corde humaine et la touche sympa. Mettons que ç'ait été une exception, que je me sois fait exceptionnellement entuber. Et disons que la plupart du temps, les gens ne m'attaquent pas. Mais dès qu'on sort du cadre de la conversation à deux, en face à face, il faut penser qu'on est presque dans une miniconférence. Parfois je me débrouille en gardant la parole, au maximum, dix, douze minutes, plus même. Tant que je parle, je mène le débat, j'embarque les gens sur un terrain où je ne risque rien. Ou en tout cas uniquement ce que je veux risquer. Il faudrait aussi faire des distinctions entre les différentes formes de presse, du point de vue de l'interviewé, de la « vedette » comme on dit. La vedette ou le chien écrasé, parce que c'est parfois l'impression qu'on a dans cette position-là, on se sent pas un être humain, une personne, on est un sujet de papier. On est une couverture dans les grands jours, ou deux colonnes, ou deux lignes. On est un bouche-trou, un bouche-page, un fait divers sportif, un chien écrasé un peu minable. Mais, cela dit, c'est très différent pour le « chien » ou la « vedette » d'être avec un journaliste d'un petit canard de province, généralement ce sont des gens hypercools, très à l'aise, et d'autre part de passer à la télé en direct. Le direct : des millions de gens qui ont déjà plus ou moins une image de moi en tête, bonne ou mauvaise, me voient d'un coup et, si je dis une connerie parce que je suis crevé, que j'ai perdu le match, ou hilare parce que gagné (ou le contraire) et que je bafouille un peu, toc, ça devient une énorme plantade, un lapsus national. Je comprends que les gens aient la trouille du direct, que les types qui passent à « Apostrophes », ils soient torturés quinze jours avant, colique et insomnie, à l'idée qu'ils vont sécher, dire une bourde, se faire engueuler par un confrère teigneux, piquer un fou rire, n'importe quoi, en fait *tout* peut arriver. Et Pivot est un vrai journaliste, en ce sens, pas un méchant qui balance des peaux de bananes pour essayer de coincer les auteurs ou de les ridiculiser. Il se conduit très honnêtement par rapport à ses invités, ce n'est pas un radio-crochet. Souvent il me fait l'effet d'un sauveteur, du maître-nageur qui voit quelqu'un en train de se noyer dans des « euh... » ou pris d'une crampe et devenu muet, paniqué, et Pivot lui jette des bouées, un canot Bombard, se met à ramer, c'est assez bien. Surtout que l'éditeur est souvent dans le public, derrière le noyé et se dit : « Ça y est, le bide, on va pas en vendre un demain » et tout. Sauf, coup de génie, quand la noyade est émouvante. Une fille qui, tout à coup, sur une question de rien, banale, se met à chialer devant les caméras, c'est très fort. J'ai vu ça une fois. En plein écran, une fille pleurait, la caméra ne la lâchait plus, silence de mort sur le plateau. L'éditeur devait regarder son chrono et compter les ventes du lendemain, dix mille exemplaires par seconde ou par larme, ou par seconde/larme, une unité de mesure spéciale T.V., et se dire : « Tiens bon, cocotte, chiale encore une seconde de plus et on passe le cap des cent mille. » Mais ça ne se prépare pas. Ça ferait bidon. C'était un bel accident de librairie, pas un coup monté.

Moi aussi j'ai craqué devant les caméras, et ce n'était pas du tout prévu, loin de là. J'étais sincère et mortifié. Je ne sais pas si les gens ont trouvé cela émouvant ou ridicule, mais je n'en pouvais plus, c'était vrai. La déprime, ce n'est pas dans mon caractère au fond, mais ça peut frapper n'importe quel humain, si on tire trop sur la ficelle du pantin. Le pantin est parti pour New York, où personne ne pensait à ramasser ses ficelles et ça m'a fait un bien fou. Et je me suis trouvé une femme, une vraie, à aimer, ce qui est le plus grand médicament de la Terre, la drogue sublime, plus rassurant que les tranquillisants, plus speedé que toute la coco du Pérou. Mais si je réfléchis à toute cette période où j'ai eu envie de mettre les voiles, dans le paquet il y avait ma relation d'image avec la presse. La presse, la pression. La peur d'être dévoré tout cru par les canards, les télés, la radio, et toute ma vie, ma personnalité déchiquetée en morceaux, en petites phrases, petites photos qui me retombaient en boomerang sur le coin de la figure et me cassaient pour de bon, me divisaient entre moi et moi, comme un schizo. La presse crée des monstres et je ne voudrais pas en devenir un, je voyais la monstruosité se pointer de plus en plus près, au bout de la presse-dope, la stupéfiante, « à sensations ». Bonjour, les sensations. Craquer, c'était le salut, le rejet par overdose. Mais oui, je sais, on se l'est déjà dit... En revanche, je ne sais pas si ma démonstration est claire, c'est une façon de parler un peu simple de dire que le succès, la presse qui vient avec, ce sont des drogues. Mais je comprends très bien qu'il y ait des femmes et des hommes, trop fragiles ou trop harcelés, que cela rende fous, givrés comme des junkies, déboussolés à mort. Les lunettes noires de Greta Garbo, oui, ça lui a sûrement sauvé la vie...

Voilà.

Je crois qu'on a fait sommairement le tour de la question.

Suffisamment pour constater que ma philosophie de la vie avoisine le zéro pointé. C'était ce qu'on avait prévu dès le départ. N'empêche, je me sens heureux. Une envie de vous rouler des pelles à tous. Qui m'avez subi. Jusqu'au bout.

La vérité ultime, c'est qu'un sportif n'a rien à raconter. Rares sont les gens, dans la vie, qui ont quoi que ce soit à raconter. En revanche, s'ils n'ont rien à dire, ils peuvent faire. C'est le privilège du fric, de la stature. A mon petit niveau, j'ai un contrat avec l'U.N.I.C.E.F. Je fais des pubs aux Etats-Unis, des exhibitions pour drainer de l'oseille. C'est peu de chose, mais si je ne fais pas ça je me dégueule sur place. Avec ma chère mère, le seul avenir, le seul, j'insiste, que je programme, c'est de monter un centre pour s'occuper des mômes qui n'ont pas eu ma chance. En fait, on a commencé. Ça fait pute, de finir là-dessus ? Je m'en fous. C'est voulu. J'espère bien faire honte à ceux qui ont les moyens et qui ne branlent rien. Aurais-je un fond d'humanité ? Ah ! merde, c'est mon sang parisien qui reprend le dessus !

C'est drôle. Quand je me suis mis à ce livre, les phrases avaient du mal à venir. Maintenant que je vous vois, là, en face de moi, je n'ai plus envie de partir. Ça y est, c'est le mélo. Mais virez-moi ! C'est pas possible, c'est insoutenable !

Bon.

Je prends mon élan.

Yannick Noah

Je remets mon chapeau.
Et qu'est-ce que je dis, là, qu'est-ce que je dis ?
Je vous dis : à toujours.
Ainsi soit-il.

Table des illustrations

1 Faut-il commenter ? *(Sygma).*
2 Maman et l'équipe de basket du Cameroun : cherchez l'erreur. *(D.R.).*
3 Papa et les boys de Sedan : idem. *(D.R.).*
4 Zac, alias Papa. *(D.R.).*
5 On me tripote sous un fumeux prétexte : ils ont gagné la Coupe de France. *(D.R.).*
6 Moi, Tarzan. Lui, pas vraiment Jane. *(D.R.).*
7 Avec Nathalie et Zaza. *(D.R.).*
8 La neige était blanche. *(D.R.).*
9 Des cernes sous les yeux. Déjà... *(D.R.).*
10 Au premier plan : le rouleur. Derrière : la mécanique. *(D.R.).*
11 Déjà cabot. *(D.R.).*
12 Nathalie, again. *(D.R.).*
13 Classe de seconde : désastre en vue.
14 On y arrive... *(Serge Philippot/Tennis Magazine).*
15 Allons-enfants ! (de la marine). *(B. Auger).*
16 La position du tireur couché. *(B. Auger).*
17 Photo-montage ! *(Serge Philippot/Tennis Magazine).*
18 Un vrai petit homme d'intérieur. *(Serge Philippot/Tennis Magazine).*
19 « Noah, un écrivain-né » *(Serge Philippot/Tennis Magazine).*
20 Maison de campagne à babord. *(S.P./Tennis Magazine).*

21 Seuls les grands malades dédicacent des pelouses. *(Gérard Schachmes/Sygma).*

22 Caisse achetée en cinq minutes *(Serge Philippot/Tennis Magazine).*

23 La presse qui récure à fond de baignoire. *(C. Cabrol/Kipa).*

24 A la campagne. En pleine lecture. *(Serge Philippot/Tennis Magazine).*

25 Quelques pages plus loin. *(Serge Philippot/Tennis Magazine).*

26 Ping-pong et tauromachie. *(C. Cabrol/Kipa).*

27 Toqué à souhait. *(Serge Philippot/Tennis Magazine).*

28 La campagne, en fait, ça me scie les nerfs. *(Serge Philippot/Tennis Magazine).*

29 Ni US. Ni pro. Ni championship. Un pied gauche de troisième série. *(Sygma).*

30 Avec les hard-boys du groupe Téléphone. *(Serge Philippot/Tennis Magazine).*

31 Avec Miche et Alain : complètement cuits ! *(Sygma).*

32 Carmen et ses castagnettes. *(Serge Philippot/Tennis Magazine).*

33 Avec Philippe Chatrier. T'as de beaux yeux, tu sais ? *(Serge Philippot/Tennis Magazine).*

34 Banana-split. *(Serge Philippot/Tennis Magazine).*

35 Roger Vasselin, les doigts dans les trous de nez. Jean-Paul Loth, essayant de me fourguer une note de restau. *(Serge Philippot/Tennis Magazine).*

36 Ah, Arthur... *(Serge Philippot/Tennis Magazine).*

37 Des cailloux dans le genou. *(Serge Philippot/Tennis Magazine).*

38 Maman, papa, le rejeton, tous en plastron. *(Gérard Schachmes/Sygma).*

39 C'est de l'eau plate. *(Sygma).*

40 Devine qui vient dîner ce soir... *(Gérard Schachmes/Sygma).*

41 Mes potes. *(Gérard Schachmes/Sygma).*

42 Roots... *(Serge Philippot/Tennis Magazine).*

43 Papa Tarra. *(Serge Philippot/Tennis Magazine).*

44 Yaoundé. Le videur du club. *(Serge Philippot/Tennis Magazine).*

45 Docteur Livingstone, I presume ? *(Didier Phitoussi).*

46 Yannick : "Oui." Cecilia : "Oui." Le curé est d'accord. *(Didier Phitoussi).*

47 Alain, Zac, Didier, Miche : family rock. *(Didier Phitoussi).*

48 Musée Grévin : j'étais déjà ciré. *(Serge Philippot/Tennis Magazine).*

49 La preuve ! *(Serge Philippot/Tennis Magazine).*

50 Le rameur de fond. *(Serge Philippot/Tennis Magazine).*

51 Inde. Coupe Davis 84. With my coach. *(Serge Philippot/Tennis Magazine).*

52-53-54 New York, New York ! *(Didier Phitoussi)*

55 à 61 Cherchez la balle. *(Serge Philippot/Tennis Magazine).*

62 à 68 Calme-toi, mon petit, calme-toi... *(Serge Philippot/Tennis Magazine).*

69 Amen... *(Serge Philippot/Tennis Magazine).*

Achevé d'imprimer le 3 mai 1984
sur presse CAMERON
dans les ateliers de la S.E.P.C.
à Saint-Amand-Montrond (Cher)
pour le compte des éditions Stock
14, rue de l'Ancienne-Comédie, 75006 Paris

Imprimé en France
Dépôt légal : mai 1984.
N° d'Édition : 4741. N° d'Impression : 843.
54-07-3358-01

ISBN 2-234-01717-3

54-3358-6